W9-DAT-437

VICTOR GUILLERMO MALTA

El Amor es un incendio
que nos recorre el cuerpo

Editorial Oveja Negra

©   Victor Guillermo Malta, 2000.
©   Editorial La Oveja Negra Ltda, 2000.
Cra 14   Nº 79-17 Bogotá, Colombia.
E-mail: editovejanegra@latinmail.com

ISBN: 0-9700064-0-3

Preparación editorial: Marcela Robles.
Fotografía carátula: Sandra Robles.
Impreso en Colombia - Printed in Colombia

Impreso y encuadernado por
Editorial Retina Ltda

CONTENIDO

PREFACIO

En el corto ciclo de su vida el hombre descifró las palabras escritas,
Presumiendo que encontraría un mensaje en las manos del tiempo.
La esencia de su vida estaba en juego.
Entonces una voz de trueno llenó el vacío que cercaba las edades:

Bendito seas que naciste con un alma sin mancha.
Escucha la sentencia que sobre ti yo impongo:
Un infierno en donde consumirás tu corazón de niño,
Una espada que cuelgue por siempre en tu camino,
Los pensamientos llenos de celajes morbosos,
Y que tus pasos marchen por senderos de sangre.

USTED NO SABE HACER HIJOS

Hace ya muchos años que yo me arrejunté con la Petra, en ese tiempo ella era una niña que nunca había tenido un hombre cerca de ella. El padre y la madre eran celosísimos, y los hermanos pequeños la seguían por todas partes. Pero las cosas son así, ustedes saben que cuando la fruta está madura, solitita se cae del árbol. Y así la Petra, cuando me veía trabajando en la hacienda de Don Pascual, ella buscaba cualquier excusa para estar en mi camino, se tropezaba conmigo como sin querer, y créanme ustedes que cuando ella hacía eso, era como si un incendio se me metía en todo el cuerpo. Hasta que un día ya no pude aguantar las ganas que el Diablo manda, y allí mismito en el monte tuve que tumbarla para poder apagar lo que me quemaba por dentro. Y ella, ni corta, ni perezosa para hacer el amor, y aunque era una niña, me dio la impresión de que no se cansaba de que yo le hiciera lo que le hacía y por eso me dije, es mejor llevármela. De todas formas, yo necesitaba alguien, y así fue que me la llevé; pero el padre me puso un revolver en la barriga, después de decirme:

-O te casa o te mueres-

Yo mismo como cordero, cogí de la mano a la Petra y fuimos donde el Cura para que nos casara. Entonces, yo con mis mismas manos le hice su casita; escogí las mejores ramas, las puse a secar al sol para que no se torciesen, y antes de que llegaran las lluvias, yo mismo corté el bijao para ponerlo en el techo; la casita la hice sobre unos troncos gruesos y largos, para poder amarrar los caballos en la parte de abajo, en la tarde cuando uno regresa de pajarear o de haber sembrado el arroz, según la época. Pero la vida tiene sus vueltas, y no todo es alegría, y desde que me traje a la Petra como esposa para que me acompañara en las noches después que llegaba el mosquito, la vida se complicara; porque no sólo era mi amigo Don Sebastián, que en paz descanse, quien quería venirse hasta la casa a tomarse un cafecito, pero también mi compadre Don Francisco y no es que yo fuera celoso, pero los ojazos de la Petra renegreaban cuando él venía, y todo zalamero le besaba la mano, diciendo que dizque esa era la manera que se portaba un caballero con una dama. Y yo que de esas cosas no entiendo por que no sé leer ni escribir, y si algo yo he aprendido, ha sido porque lo vi con mis propios ojos.

A mi Petra no le faltó nunca un trapo para ponerse, ni tampoco un bocado de comida, y que no se diga que yo alguna vez le levanté la mano, porque a la verdad era tan buena que nunca se puso pico a pico conmigo, y si me veía cansado, no me hacía conversación para que así yo pudiera dormir. Es cierto que muchas veces yo me vi obligado a traer a mi compadre Don Francisco, a la casa, porque era alegre y nos hacía reír a la Petra y a mí cuando nos contaba sus cuentos colorados o nos hacía tener miedo cuando nos refería historias de muertos y de apariciones. Él parecía un buen hombre, un buen cristiano, y yo nunca pensé que a mi Petra no sólo le brillaran los ojos, sino también que su boca se llenaba de una risita extraña. Cosas del alma, yo no entiendo; el cristiano era buen mozo, más joven que yo, alto, musculoso, y cómo manejaba el machete rabón el maldecido, que también descanse en paz. Y era que todas las mujeres del pueblo se volteaban más de una vez para mirarlo; hasta los hombres se lo quedaban viendo con envidia. Yo me acuerdo que en la última fiesta del pueblo a la que fuimos, jugando a los gallos ciegos, con una seguridad le voló de un machetazo el pescuezo al pobre animal que enterrado en la tierra, no dijo ni pío. ¡Que cristiano! Y para el trago, no se diga, cuando se jalaba, entonces era de salir corriendo. Y yo no alcanzo a comprender el porqué desde que vio a la Petra, se hizo el moderado. Y como les decía anteriormente me molestaba tener que llevarlo a la casa que era de un solo cuarto grande, y él se quedaba a veces hasta bien tarde en la noche. La Petra ya cansada se cambiaba de vestido para irse a dormir, y yo, con estos ojos que se los han de comer la tierra, algunas veces vi al compadre que escurría los ojos, hacía la esquina donde se encontraba la cama donde la Petra estaba acostada; y claro que ella tenía que estirarse y acomodarse, y entonces el cuerpo entero se le dibujaba en las sábanas. Los senos de la Petra se habían crecido, ella no era muy gorda, pero tenía unas nalgas bien anchas; y a veces cuando se acostaba de lado, dándonos la espalda, yo miré al compadre Francisco que tragaba grueso. Así fue como me di cuenta de que el compadre iba avanzando a carrera abierta para quitarme la hembra, y me dije a mí mismo:

-Este compadre del Diablo ya me está cansando, como que me quiere quitar la mujer-

Pero en fin, a la Petra no le decía nada en mi presencia, y a ella yo nunca la vi que ni siquiera conversara con él, nomás del saludo, no pasaba, con todo eso, yo ya no le desprendí los ojos del bulto, porque de vez en cuando allá en el desmonte, cuando nos veíamos las caras, él me ponía una sonrisita que se me enredaban las tripas, y entonces le comencé a tener recelo, y me comencé a dar unos brincos para la casa sin que me vea la Petra, justo para saber lo que hacía. Y cómo se me hacía la carne de gallina sólo de pensar en lo cachudo que me podría estar volviendo. Yo mentiría si dijera que descubrí algo, y me repetí varias veces:

-Ojos que no ven, corazón que no siente.

-Para congraciarme con mi compadre que ya me estaba reculando la amistad, una tarde que habíamos pepiteado hasta las cinco, me fui para su lado y le dije:

-Compadre, a lo hecho pecho, vamos para echarnos una caña, y que no se diga que el Diablo baila entre nosotros.-

Él con su sonrisa de oreja a oreja, me dijo:

-Bueno compadre, que los celos no vuelvan para su casa, ¡Vamos!-

Nos fuimos para la casa llevando dos botellas de aguardiente de caña, y qué noche, la guitarra aún la oigo sonar clarito, cómo movía sus dedos el cristiano. La Petra estaba seria, ni nos miraba, y el compadre tampoco la miraba siquiera, el alma me volvió al cuerpo y me dije que a lo mejor los celos me habían hecho ver visiones. Pero la Petra me empujó suavemente cuando la fui a abrazar, y la cara la tiró a un lado cuando le quise dar un beso; yo no me calenté para que mi compadre no notara la diferencia. Hasta cuando él se fue como a la cantada del gallo, la Petra ni había hablado, yo tampoco le dije nada, para que hacerse mala sangre cuando uno está contento, pero a la verdad, me dolió el desprecio que me hizo.

Al día siguiente cuando me encontré con los amigos en el desmonte, todos me miraron suavecito y el saludo me lo recularon, y aunque yo les dije:

-Buenos días de Dios tengan ustedes.-

Los cristianos se hicieron como de los oídos sordos y no me contestaron; la sangre se me subió a la cabeza, me arrimé al flaco que estaba más cerca y que se me había reído en la cara, lo sujeté por la pechera de la camisa y le dije:

-¡Que mosca te ha picado desgraciado!-

El cristiano se puso un poco amarilloso y me dijo:

-¿Y porque yo tengo que decirlo? después de todo, yo no lo he visto.-

Yo les juro que yo no sabía de lo que estaba hablando el miserable; pero para entonces los otros me miraban de soslayo, y como que conversaban bajito, pero suficiente alto para que yo oiga lo que decían:

-¡Y dicen que hasta está preñada de él! Yo creo que de verdad ni se ha dado cuenta.- y se echaron a reír a carcajadas.

La cara me ardió más y allí mismo agarre mi guardamano, y al flaco que yo tenía garrado por el cuello, le grité: -¡Maldito, me lo dices ahora mismo o te dejo sembrado en la tierra para que hagas compañía a tu abuela.-

Los otros comenzaron a desenvainar los machetes, que eran gordos y de punta redonda, de esos que se usan para cortar la mala hierba; y se me fueron acercando. El flaco que yo tenía agarrado por el cuello, que estaba más muerto que vivo, y con la lengua como de estropajo, me dijo:

-Te van a matar mis hermanos y mis primos si es que no me sueltas.- Yo no lo soltaba del gañote y le grité:

-Yo te mato primero a ti porque de mi nadie se burla.-

Entonces quedito como para que yo nomás oyera el secreto que era de todos menos mío, me dijo:

-Es que la Petra, a quien usted cuida tanto, se acuesta con su compadre Francisco, y está preñada de él, porque ella anda diciendo que usted no sabe hacer hijos y ella quiere tener algunos.

La sangre se me subió y se me bajó al mismo tiempo, la boca se me llenó de una agua amarga, y los ojos se me pusieron de media vuelta como los del borrego cuando le cortan el pescuezo; y en un tono de voz que no era el mío le dije:

¡Que es lo que me estas diciendo! Desgraciado.

Y el bajito me respondió:

-Si hasta ya le tienen el nombre al crío para cuando nazca, si es hembra, la van a llamar Susana que es el nombre de la abuela de la Petra, y si es machito lo van a llamar como al padre.-

Los demás ya me habían agarrado porque lo iba a ensartar allí mismito. ¡Cómo le iba a creer! .

Eso era una acusación falsa, cómo iba yo a creerlo, imposible. Pero los otros se miraron entre ellos, y me dijeron:

-Tú no lo sabes, pero es verdad, tu compadre Francisco, en la mañana después de que tú sales en el caballo para venir a trabajar a la hacienda, el se pasa por tu casa, y se queda una hora con ella, el mismo lo ha contado a todos. Y los sábados cuando te vas donde el chino a comprar la comida, ella lo busca, y juntos, cogidos de la mano se van al monte. Regrésate ahora mismo y vas a ver que los encuentras.

La cabeza me daba vueltas, pero me regresé; cuando estuve cerca, dejé el caballo amarrado entre unos matorrales, y me fui sin hacer ruido hasta la casa, subí la escalera en el mayor silencio posible, y saqué mi guardamano para tenerlo listo para lo que Dios mande, y empuje duro la puerta, el picaporte que tenía, se salió con un pedazo de palo y miré al fondo del cuarto. Por que habré mirado, lo que vi no tiene nombre, si hasta me hice la señal de la cruz en la frente para que Dios me proteja. Yo creo que era el mismo Lucifer que estaba allí parado en cueros, y la Petra, mi esposa, por la que yo trabajaba más de diez horas todos los días, estaba también en cueros, arrodillada delante de él que lo lamía de arriba para abajo, y se metía el pene de ese Lucifer en la boca. Yo sentí miedo porque me dije que eso era una mala visión, pero mi compadre me hizo recobrar el juicio, cuando al verme me gritó con furia mientras ella se escurría debajo de la cama:

¡Cachudo, por que has vuelto!

Y agarró el machete que lo había dejado encima de la cama y se me botó asimismo como estaba, pero yo lo vi venir y me agaché justo para que el machete rabón pasara de largo. A la verdad no sé cómo pasó, pero cuando moví la mano, la vi bañada en sangre, y el condenado se agarraba las tripas que se le salían de la barriga y trataba de sacarse el guardamano que se había enterrado hasta la cacha. Se tambaleó, me miró con los ojos bien grandes, se fue poniendo amarillo y se fue desmadejando lentamente hasta que quedó tendido en el suelo, boca arriba. La Petra salió de debajo de la cama, comenzó a maldecir, y así en cueros como estaba, se abrazó al muerto y le lloraba desconsoladamente, y cómo lo besaba y le acariciaba el pelo y la cara, allí fue que agarré el machete que había caído en el suelo, y lo descargué sobre ella y que la partió como a un coco seco. Yo vi entonces como ese cuerpo partido seguía brincando como que le quería hacer el amor al muerto, allí mismo delante de mí. ¡Qué miedo! Nunca había sentido tanto miedo; y por eso es que después le prendí fuego a la casa, para quemar al Diablo que estaba adentro de ese lugar, y no como dijo después la autoridad, que yo había incendiado la casa para hacer desaparecer el cuerpo del delito.

Todos guardaron silencio, los comentarios estaban de más, levantaron otro vaso de cerveza y comenzaron a beber en sorbos pequeños; todos quedaron pensativos.

A LAS PUERTAS DEL INFIERNO

Don Teodomiro mas envalentonado por la actitud de los demás comenzó diciendo:

-Era más o menos por el año veintidós que no se encontraba trabajo por ningún lado: la escoba de la bruja había limpiado el cacao, la sigatoca había matado el guineo, nadie daba trabajo, para que contarles, el hambre se la veía por todas partes, y yo ya tenía como dos años que me había llevado a la Zoila y ella había parido un hijo. Yo a la verdad me desesperaba para poder llevarle un bocado de comida a ella y al crío, encima de todo eso la criatura se había enfermado, pareció que alguien le puso el ojo muy fuerte. Total el muchacho cagaba y cagaba como si fuera una llave de agua. La Zoila me empujaba para que se lo lleve a Doña Cristina que dizque era curandera y sabía curar el mal de ojo; pero cuando fui donde ella con la Zoila y el crío, me dijo:

-Cuesta dinero curar al muchacho, yo gratis no trabajo.-

Le rogué, le pedí por todos los Santos, pero ella no quiso ceder, y a cada rato me gritaba:

-Yo, gratis no trabajo.-

Hasta que perdí la paciencia y le grite:

-Curandera de mierda, bruja, ojalá que te murieses ahora mismo.-

Ella me miró como si nada, me dio la espalda y se fue caminando hacia la cocina, desde donde me gritó:

-Hijo de puta, maricón, el que se va a morir, es tu muchacho, anda a robar, que yo gratis no trabajo.

Yo les juro que si yo hubiera estado sin la Zoila y sin el crío, allí mismo le hubiera torcido el pescuezo como a gallina vieja, pero tuve que tragarme el insulto, y regresamos a la casa con el crío que lloraba

17

por todo el camino, retorciéndose y cagando sangre. La Zoila comenzó a gritar que su hijo se moría, y entre el llanto de la criatura y los gritos de la Zoila, yo ya me estaba volviendo loco.

La Zoila se ganaba unos reales cosiendo vestidos a la vecindad, con una máquina de coser de esas que se hacían funcionar con la mano, ella la había traído de cuando era soltera, era la única cosa de valor que nos quedaba, tendría que venderla para sacar algo para pagar a la curandera. La Zoila me dijo que no la venda, porque como estaban las cosas, iba a ser muy difícil comprar otra, que mejor la empeñe, y así como era menos la cuenta, la sacábamos después, apenas consiga algo. Era día Domingo y todo se encontraba cerrado, de todas maneras, yo me lleve la máquina de coser. Cuando estuve en la calle, le pregunté a una señora si ella conocía a alguien que diera dinero en préstamo, que yo quería empeñar la máquina de coser, porque mi hijo estaba muy enfermo, y con el dinero pagaría la curandera. Ella me mandó donde Don Zacarías, pero me advirtió:

-Ese hombre es un pillo, cuidado.-

De todas maneras, me dio la dirección y me fuí a buscarlo. Don Zacarías vivía casi al final del pueblo en una casa desvencijada, y lo que tenía el maldecido como muebles, eran cuatro sillas viejas para sentarse, un mostrador para destripar a los incautos que caían en sus garras, y adentro, seguramente un fogón y una cama vieja; quien sabe. El que salió para atender, fue un hombre bastante joven que dijo que él era el hermano de Don Zacarías y que ahora cuidaba los intereses de su hermano que estaba bastante enfermo. Me miró de pies a cabeza, y me dijo que ponga la máquina de coser, encima del mostrador, así lo hice, entonces pegó un grito llamando a una tal Hermenegílda, que después supe que era la mujer de don Zacarías; ella vino, miró la máquina, la tocó, la movió, le dio la vuelta y mirándome con el rabo del ojo, me dijo:

-¡Es robada! ¿Verdad?-

Yo sentí que de pronto la cara me quemaba, ¡Qué maldecida la mujer!, entonces le dije:

-Yo con mujeres no hago negocio, ¿dónde está Don Casimiro?-

Ella me respondió que estaba enfermo, pero enseguida se le

acercó al oído al que decía que era hermano del dueño y le dijo en una voz que apenas se oía, pero que yo, acostumbrado a reconocer cualquier ruido del campo, la escuché perfectamente:

-De lo que te pida, ofrécele la mitad-

Créanme que yo me estaba conteniendo, de todas maneras, cuando el hombre me fue a dar el dinero, sacó un fajo grande de billetes, cogió un papel y un lápiz, se puso a hacer cuentas, y me dijo:

-Aquí no tenemos licencia para dar prestado, solo le voy a cobrar el treinta por ciento de interés semanal adelantado, y si usted no saca su prenda en treinta días, la rematamos. Si queda un balance después de descontar lo que se le ha dado prestado, el bodegaje, y la comisión por haber hecho el remate, se lo entregamos. Por ahora, aquí tiene lo que le sobra.-

Cuando el maldecido me entregó el dinero, no quedaba casi nada, y yo pensé entonces que el sabio vive del tonto, y el tonto de su trabajo; y fue tanta la rabia que sentía que lo agarre del hombro para pegarle, pero el condenado comenzó a gritar:

-¡Asalto, asalto, socorro que me matan!-

Yo, para no hacer la cosa más grande, salí corriendo. Al día siguiente la autoridad me andaba buscando. Me encontraron en el cementerio donde yo estaba enterrando con mis propias manos al crío que murió la misma noche anterior. Me llevaron amarrado y me metieron en un calabozo en donde las cucarachas y los ratones se paseaban, no me dieron de comer por dos días, me dijeron que el preso es preso, y no tiene derecho a nada. Un Juez me condenó a diez años de prisión en el Puerto, incomunicado por ser un individuo peligroso. Después supe que la Zoila se había ido del todo también para el Puerto.

Cuando acabó de hablar Don Teodomiro, agachó la cabeza y les dijo entre dientes: -Ya les dije que yo no tenía historia para contar, y que me habían encerrado por algo que yo no hice.- Todos lo miraron con tristeza y uno de ellos le dijo:

-Vaya compadre, seguro que es una historia, y de las buenas, y dígame ¿no volvió a ver a la Zoila? ¿ Y que pasó con Don Zacarías?

-Años más tarde, continuó Don Teodomiro, cuando salí de la cárcel, fui a buscar a la Zoila, por las indagaciones que hice, fui a dar

a un prostíbulo donde ella vendía sus servicios. La pobre se había hecho una vieja, y estaba tan flaca que daba pena, y cuando me vio, se echó a llorar de alegría la pobre, me dijo que le habían dicho que yo me había muerto. Yo la quise sacar de ese antro para comenzar de nuevo entre nosotros, yo estaba trabajando en los muelles cargando cacao a las embarcaciones que entraban al puerto, y ganaba suficiente para darle a ella un cambio de vida, pero ella me dijo que no, que la mala suerte que tuvimos los dos, nos perseguiría, y era mejor así, yo por un camino, y ella por el otro. Al día siguiente, me regresé a San Ritorno, me fui al cementerio y allí donde enterré al muchachito, yo le había puesto una cruz de caña, la saqué de la tierra, la bese, bese la tierra, y juré mi venganza contra esos malvados que destruyeron lo poco que yo tenía.

Cuando fui a buscar a Don Zacarías, me encontré con la noticia de que lo habían encontrado muerto de más de una semana, putrefacto, que habían tenido que echar cal por todas partes para desinfectar el sitio. De la mujer solamente quedaba la sombra, se había desaparecido y nunca se supo de ella, en cuanto al que decía que era el hermano, había sido el amante de ella. A ese sí que lo cerní por todas partes hasta que lo encontré bien acomodado con el dinero del prestamista, que no le valió de nada cuando con mi machete rabón le corté el pescuezo, y la cabeza cayó brincando como si tuviera vida propia.

Pero les aseguro que la única sangre que manchó mis manos, fue cuando tuve que tomarme un sorbito para que el alma del desgraciado no me asuste.

-Bien merecido que lo tenía- dijo uno de los campesinos y continuó- Así mismito como mi compadre Don Eustaquio, al cristiano que se le llevó la mujer, lo buscó hasta que lo encontró, entonces le limpió el pico, y se le bebió la sangre para que el espíritu del muerto no lo asuste- y otro campesino le contestó:

-Eso ya se sabe, es natural hacerlo para el ánima del muerto descanse-.

En ese momento, la cocinera una campesina de caderas anchas, piernas bien formadas, y un rostro apacible, entró al salón, cargando una bandeja llena de bolas de plátano verde envueltas en chicharrones de cerdo, que humeaban, y les dijo:

-A ver si limpian la mesa, manganzones, y coman lo que quieran que ya les daré más-.

Uno de ellos le respondió:

-No me tiente Doña Hilda, no me tiente.-

Ella sin enfadarse, le dijo:

-¡Eso que quiere hacer conmigo, hágalo con su madre!-

Todos se echaron a reír, el campesino aludido, sonriendo con malicia, la miró de arriba abajo, y con los ojos fijos en los nacimientos de las piernas de Doña Hilda, le dijo con insistencia:

-Cuando quiera una ayudita en esa cocina, usted me avisa Doña Hilda, que yo para batir esas menestras, me valgo por sí solo.-

Pero ella se rió con estridencia y le contestó:

-¿Para que debiera de avisar? Si a lo mejor ya hasta se olvida de lo que tiene que hacer en la cocina A su edad debiera mejor de ayudar al cura a contar bolas de rosarios de los fanáticos que se quedan en la Iglesia para la segunda y tercer misa seguidas.

Todos se echaron a reír a carcajadas de la ocurrencia de Doña Hilda.

Cuando terminaron de comer vino Doña Hilda y recogió la bandeja. El dueño del lugar dijo:

-Compadre Anselmo, es su turno, cuéntenos una historia para pasar la tarde.-El aludido miró a todos y con calma les dijo: -Yo no sé si ustedes saben que yo estuve preso por más de quince años.- uno de los campesinos le respondió:

-Eso fue cuando usted todavía era joven, ahora nadie le puede decir nada, eso ya pasó, pero cuente que estamos esperando:

Don Anselmo levantó un vaso de cerveza, se lo tomó largo sin descansar el vaso y luego se limpió los labios con el dorso de la mano, se acomodó en la silla lo mejor que pudo y les dijo: ¡Que buenos que estaban esas bolas de plátano.-

MIS PAREDES ESTÁN LLENAS DE TRISTEZA

Las coloraciones rojizas y azuladas del horizonte, bañan la pradera con una languidez enfermiza. Allá a lo lejos se pueden ver los reflejos del riachuelo en el que casi todas las tardes Cristóbal se iba a nadar después de salir de la escuela, horas felices de su niñez, aún le parece escuchar la voz de su madre que le llegaba como un eco a sus oídos,

¡A comer!

Y él emprendía la carrera de regreso chorreando agua de su cuerpo y de sus pantalones mojados, para sentarse a la mesa y gozar de un plato de sopa caliente.

Con el sol de la tarde la casa muestra la blancura de las paredes exteriores. El rojo de la tierra del camino, se baña con las hojas verdes que con el viento de la noche anterior se han desprendido de los árboles; nada parece haber cambiado, la misma tranquera, el mismo frente, las mismas ventanas; parece que el tiempo se hubiera detenido. Sólo la ausencia de tantos años dejaba sentir su peso en el alma de Cristóbal. Y por su imaginación pasó el rostro de la madre, del padre, y el de su hermano, que cómo él, se fue ausentando de la casa materna a medida de que los años fueron llenando inexorablemente sus vidas. Primero fue su hermano mayor que en una pelea en la cantina del pueblo fue asesinado, luego su madre que murió en el día de su cumpleaños dejando así el recuerdo más triste de su vida, y por último su padre que murió de tristeza, pues al faltar la mujer de la casa, deambuló por todos los cuartos mirando las paredes llenas de ella, hasta que un día el corazón no pudo más y pagó su tributo a la tierra.

Allí de pie siguió Cristóbal contemplando la puerta de la casa, y quiso entrar, pero le pareció que iba a violar algo sagrado. Caminó hacia la parte de atrás para entrar por la puerta de la cocina, así se sentiría mejor; los recuerdos de esa morada que se agolpaban en su memoria no podrían borrarse fácilmente. Cuando pasó el umbral, lo primero que lo llenó de tristeza fue la mesa de comer; allí se habían reunido todos los familiares en los días de fiesta, su padre había recibido a todos sus amigos, él y su hermano habían aprendido a deletrear sus primeras palabras, y cuando más joven, se había amanecido jugando a las cartas con sus amigos. Colgada del techo aún estaba la lámpara de kerosene que su madre prendía cuando llegaba la noche, y que él cuando era un niño, se asustaba con el reflejo de esa luz que al proyectarse en la pared, dibujaba figuras fantasmagóricas que se intensificaban en su imaginación. Las pequeñas ventanas estaban vestidas con las cortinas que su madre había cosido con una máquina de mano marca Singer, y ladeó el rostro para no seguir mirando las cosas tan queridas, unas lágrimas rodaron por sus mejillas; tantos recuerdos le partían el alma. Salió de la cocina y caminó hacia el riachuelo, a un lado del camino todavía estaba el árbol viejo que con sus ramas torcidas lo inundaba de júbilo tantas veces, en esas ramas él y su hermano mayor se trepaban y colgado imitando a los monos y jugando hasta el cansancio. Dejó sus recuerdos atrás y no quiso pensar más en la casa, todo estaba igual, solamente él había cambiado. Cuando llegó al riachuelo se lo quedó contemplando. Se sentó a la orilla del y se entretuvo por un instante mirando el agua que corría sin un solo oleaje, cansado comenzó a regresar, y cuando llegó otra vez al pie del árbol se sentó otra vez sobre la hierba al pie del tronco. El sol había terminado de ocultarse entre unos nubarrones oscuros. Encima de los árboles vecinos, el ruido de las aves que buscaban su nido, el de las cigarras y el sonido intermitente del agua que corre, fue poblando la noche que se acercaba. Cristóbal sintió sueño, se recostó sobre la hierba y se quedó dormido.

Era entrada la noche cuando se despertó, y más que seguro que hubiera seguido durmiendo hasta la mañana siguiente, cuando sintió algo pegajoso y desagradable que le mojaba el rostro, y abrió los ojos para encontrarse con uno ojos grandes, redondos, y un hocico largo, que despreocupadamente con su lengua le lamía el rostro. La sensación

24

desagradable se transformó en alegría al reconocer el perro amarillo, desteñido, viejo, que cansado, parado en sus cuatro patas, y meneando la cola, le seguía lamiendo el rostro; y feliz de haber sido reconocido por el animal, se sentó y abrazándolo por el cuello exclamó, -campeón- y campeón loco de alegría comenzó a ladrar. Entonces, los pensamientos de Cristóbal bajo el cielo estrellado de ese campo que no había envejecido, comenzaron a recorrer otra vez algunos retazos de su pasado.

Cuando cumplió los nueve años de edad, su padre le regaló un caballo, era un corcelito hermoso, con las patitas finas, largas, adornadas con unos terminales blancos que escondían los cascos del animal; el caballo tenía unas orejas pequeñas que se movían inteligentemente cuando él lo llamaba. Le había puesto el nombre de –pipo-, y aún el hecho ese nombre, se le presentaba vago a su memoria. Cómo le gustaba verlo relinchar abriendo su enorme trompa como si se estuviera riendo con él; entonces, campeón que pertenecía al vecino, era apenas un cachorrito, que siempre que estaba cerca del caballo, salía corriendo asustado a esconderse entre los matorrales del patio. El color negro del caballo se confundía con la noche y sólo le relucían los ojos y los terminales blancos de sus patas, pero durante el día la piel le relumbraba al sol con unos matices irisados, en las tardes cuando su padre se olvidaba de cerrar la tranquera del corral, el caballo se escapaba y corría por el campo perdiéndose en la distancia, hasta que cansado de correr, en las primeras horas del crepúsculo volvía sudoroso al corral.

El corredor de la casa terminaba en un patio cuadrado y espacioso en donde las gallinas blancas y negras se amontonaban y cacareaban.

Para bajar al patio existía una escalera de un solo peldaño en la que en más de las veces, se quedaba dormido un perro que obstruía el paso hacia una puerta blanca, que se abría hacia el comedor parte de la cocina; una mesa larga hecha de unos tablones gruesos con dos bancos largos a los lados, mas allá había tres cuartos para dormir, adornados con ventanitas discretas siempre vestidas con cortinas de flores, y una sala espaciosa donde Cristóbal con su hermano jugaban en el piso.

Los meses del verano pasaron llegaron las lluvias, el caballito negro era ya un ejemplar musculoso, de patas fuertes. El hermano mayor se encargo de ponerle el freno al caballo, el cielo estaba gris, el potrero estaba mojado por la humedad del día, el pipo había brincado, corcoveado, relinchado, y por la trompa echaba espumarajos sanguinolentos, pero su hermano mayor parecía pegado a la silla en el lomo del caballo. Los ojos del animal se enrojecían, y por cada salto que el animal daba tratando de sacarse la carga de encima, el hermano mayor de Cristóbal, le infligía un nuevo castigo, hasta que el caballo, impotente de ser el vencedor, se calmaba hasta que se quedaba quieto. Algunas semanas mas tarde, el hermano le había dicho a Cristóbal:

-Ya puedes montar al pipo, es manso y obediente.-

Cuando Cristóbal se montó sobre la silla en el lomo del caballo, vió el suelo tan distante de él, - Ese animal es tan grande – se dijo asimismo, tuvo miedo, había crecido tanto en tan poco tiempo; y con el temor de caerse, se abrazó al cuello del animal con todas sus fuerzas. Que impresión tan desagradable era el miedo, un cosquilleo que le recorría todo el cuerpo; el hermano mayor lo miró muriéndose de risa, que cómico como jinete. Pero el pipo comenzó a caminar con su carga liviana, y Cristóbal fue perdiendo el miedo a caerse, la confianza que adquirió se transformo en risa, se sentó erguido en la silla y el caballo con su carga liviana, comenzó a trotar.

Recorrió el campo cercano, saltando pequeñas zanjas de agua hechas para el regadío del campo, y el pobre animal trotó hasta que el sudor lo baño por completo. Cuando el sol se puso en el horizonte, Cristóbal cansado, regresó a la casa. Su padre lo miró con el ceño fruncido, y le dijo:

-Tu no tienes experiencia para montar tanto tiempo en un caballo, te puedes caer y te rompes el cuello.-

Pero el hermano mayor sin que el padre lo notara, le toco la mano en señal de aprobación, y Cristóbal agachando la cabeza con respeto y no respondió ni una sola palabra.

La sensación del viento que le golpeaba el rostro y sentir que volaba en el campo, le gusto tanto, que hizo un hábito todas las tardes después de hacer las tareas de la Escuela, se montaba en el pipo y lo hacía correr hasta perderse en la distancia, y solo regresaba a la casa cuando el sol se ocultaba en el horizonte.

Una tarde había lloviznado, el suelo húmedo, con esa humedad olorosa de los campos, el verde de la hierba mojada despedía pequeños rayos multicolores al bañarse con los rayos del Sol. El caballo retozaba cerca de la casa, y Cristóbal sintió un extraño deseo de montar el animal y correr por ese campo húmedo hasta perderse allá a lo lejos donde se divisaba que el Arco Iris se prolongaba hacia la tierra; había ido a buscar el freno con las riendas, pero cuando quiso levantar la silla de montar, esta fue demasiado pesada para él y en la casa no se encontraba nadie que pudiera ayudarlo, se habían ausentado al pueblo para hacer las compras de la semana, además su padre salió en el camioncito viejo al puerto con el cacao cosechado en la hacienda. Sólo él se había quedado rezagado por que tenía que ir a la Escuela. Pero se decidio a montar su caballo, y después de ponerle el freno subio en el lomo del animal; primero lo hizo caminar, luego trotar, y cuando se sintió mas seguro, lo hizo correr. Que experiencia tan extraña, por momentos le pareció que se resbalaba y se caía, entonces se abrazó al cuello del animal. Que ridículo, pensó, y una sonrisa se le dibujó en el rostro.

En uno de los potreros vecinos, pastaba una yegua, a Cristóbal le parecía estarla viendo en su memoria, era blanca, hermosa, con las ancas llenas y las crines largas que le caían a lo largo del pescuezo; y el pipo al verla, había aminorado su carrera, que se hizo un trote corto, y no le había importado que Cristóbal hizo lo que pudo con las riendas, el animal se paro en sus patas traseras y Cristóbal sin poder mantener el equilibrio, cayó al suelo, felizmente la tierra mojada había amortiguado su caída. El caballo se acerco a la yegua, relinchó dos o tres veces, pero ella con sus patas traseras lo pateó mas de una vez, y el pipo sin querer tomar el rechazo como una acción final, siguió corriendo detrás de ella. Cristóbal tuvo que dejar el caballo, y lleno de lodo y con el amor propio herido, regresó a pie a la casa.

Cuando Cristóbal se levantó en la mañana siguiente, el sol brillaba con destellos candentes; tenía miedo de encarar a ese señor, que con sus bigotes largos y su cigarro en la boca, siempre vestido con ropas de trabajo, le infundía un respeto extraño; y cabizbajo se acercó a él y le contó lo del caballo; el padre lo miro con esos pequeños ojos de fuego que el siempre recordaría.

-¿Te has lastimado? ¿No tienes nada roto?-

Cristóbal le respondió que no, pero que estaba muy triste de que el caballo se hubiese ido, que a lo mejor nunca mas lo vería, y el padre le respondió:

-Dejémoslo para mas tarde, ahora estoy ocupado.-

Cristóbal había ido en busca de su desayuno, pero allí su madre le dijo:

-¡Mereces una paliza, sinvergüenza, podías haberte muerto en el campo, y una sin saber nada!- Y sin mas comentarios, le sirvió su desayuno.

El perro amarillo volvió a ladrar y lo saco de sus cavilaciones, estaba amaneciendo, a lo lejos el cielo se confundía con la tierra en una mancha azulada y brillante. Las nubes se movían llevadas por un viento suave y la apacibilidad sola interrumpida por el ruido del río, era contagiosa; se sintió descansado.

-Sí así fueran todos los días de la vida, que perfecto sería.- pensó, sentado sobre la hierba acariciando con su mano la cabeza del perro.

Pensaba en su padre, ¿Qué clase de hombre había sido? Realmente lo conocia tan poco, casi nunca conversaba con él, eran como dos extraños, y muchas veces lo sorprendia mirándolo con disgusto, y sin embargo a pesar de sentir esa sensación de indiferencia por parte de su padre, Cristóbal sentia amor por ese señor al cuál le tenía terror con esa mirada que le penetraba como si le leyera el pensamiento dándole a veces un escalofrío. Años después cuando se hizo un hombre joven, confrontó a su padre con preguntas fuera de lugar; su padre callado y dando media vuelta se alejó. Jamás le levantó la mano, jamás le grito un vituperio, jamás lo oyó lamentarse por su situación económica, nunca lo oyó argumentar con su madre, y sin embargo siempre le dio la sensación de que Cristóbal no era su hijo. Y volvió a preguntarse: ¿Qué clase de hombre había sido su padre? ¿O no era su padre?. Era una lástima no conocerlo mejor. Y su madre, siempre lista a reconvenir cualquier error, siempre dispuesta a criticar a su esposo, porque seguramente eran casados. Que extraña alianza de esos dos seres, dos extremos opuestos. El esposo, un campesino sin educación que vegetaba día a día sin importarle el mañana, con ingresos económicos miserables, de la producción agrícola de la hacienda, o de cualquier trabajo manual que se presentare en el pueblo. Pero era cierto que nunca le falto nada, ni alimentos, ni vestuario. Su madre, una mujer educada, de familia importante en el pueblo; y se repitió mentalmente:

¡Que extraña alianza!

La mañana se presentó calurosa, y Cristóbal se levantó de la hierba, dio un largo bostezo y llamando al perro que olfateaba por los alrededores, se encaminó de regreso a la casa. No comía desde la mañana del día anterior y decidió caminar hasta el pueblo para comprar provisiones, total, caminar cinco o seis kilómetros no le harían daño.

El camino que conducía al pueblo era de una tierra rojiza apisonada que cuando llovía se transformaba en un barro pegajoso dificultando el transporte de los campesinos de los alrededores. Cristóbal comenzó a caminar, pero el perro después de correr un trecho ladrando y meneando la cola, se detuvo, emitió algunos sonidos como si fuera llanto, y a paso lento se regresó por el trecho que había venido. – Pobre perro, ya está viejo, pensó Cristóbal; él lo vio cuando era un cachorrito, después lo recordó ágil, y más tarde no volvió a verlo cuando se ausentó por la Universidad. El amo del perro era el dueño de la hacienda vecina, un hombre rechoncho, siempre mal encarado, siempre gritando vituperios a los animales, y recordó entonces que cuando él era un niño, que ese hombre semejaba un gigante para él, era como uno de esos ogros de los cuentos que su madre le leía al pie del árbol inmenso que a él le gustaba tanto. Recordó el día que él, su hermano mayor y su padre, se dirijieron al potrero vecino a rescatar el caballo para traerlo a su corral; su hermano se burlo por todo el camino, pero su padre caminando serio, como preocupado. Cristóbal solo quería su caballo, él no entendía la razón por la cual el caballo quería quedarse en ese potrero. El día anterior cuando regresó de la escuela encontró su caballo amarrado, y recordó que su madre le había dicho que si el caballo estaba amarrado no lo soltara hasta que su padre regresara, los ojos se le llenaron de lágrimas, y se dijo: A mi caballo no se le debiera de quitar su libertad, Todos quizá son locos, - y si soltaba el caballo ¿ qué podía pasar?- Además él estaría montado en el caballo, él lo iba a guiar, él ahora era suficiente hombre para montar un caballo. La decisión estaba hecha, lo soltaría, quizá lo castigarían, pero eso era solo por un momento. Y soltó el caballo que al sentirse sin las ataduras, dio un brinco y relinchado de contento; Cristóbal, ayer quedo en el suelo lleno de lodo, pero eso había sido ayer y no paso nada, nadie lo castigó. Ahora debía traer el caballo de vuelta al corral y eso era lo importante.

Cuando llegaron al potrero, el pipo estaba tendido en la hierba con sus ojos redondos, grandes, fijos en el horizonte, por la nariz y la trompa le salieron grandes espumarajos de sangre, y por una enorme herida en el cuello el caballo se desangró hasta quedar sin vida. El hombre rechoncho estaba parado a una distancia prudente, y cuando vio al padre de Cristóbal, le dijo: -Ustedes tenían que haberlo amarrado en el potrero de ustedes. Cuando ese caballo se enfrentó a la pelea con el otro caballo, por la yegua, no hubo ni Dios, ni Diablo que los separaran; se pateaban y se mordían, y parecían dos luchadores cuando se paraban en sus patas traseras, usted vecino hubiera visto, fue una gran pelea y a la final, la yegua se fue con el ganador.-Pero al padre de Cristóbal no le importó el comentario del hombre rechoncho, y Cristóbal, por primera vez en su vida, lo oyó a su padre, maldecir al vecino. Cristóbal corrió al lado del animal muerto, se abrazó al cuello sucio de sangre seca del caballo, y lloró desconsoladamente. El hombre seguía repitiendo disculpas y asegurándoles que él no había podido hacer nada para evitar el nefasto suceso, además todo ocurrió en su propiedad y él no se hacía responsable de ningún daño que se hubiera causado, ya que ese animal invadio su potrero, y que se lo lleven de allí porque después se pudre y vienen los gallinazos, y eso era un espectáculo desagradable, y que si no lo hacían el llamaría a la Policía y los demandaría por daños y perjuicios. El padre de Cristóbal le respondió: Los caballos aunque peleen, no se matan, usted me ha degollado al animal.- Y dio media vuelta y comenzó a alejarse del lugar sin agregar otra palabra. Cristóbal se acordó de cómo odió a ese hombre durante los años que siguieron.

Durante la noche del día que el vecino mató el caballo, Cristóbal tuvo un sueño extraño: Veía a su caballo en lucha cuerpo a cuerpo con el otro caballo, lo oía relinchar de gozo, lo veía trotar por la pradera, veía a la yegua blanca que le sonreía con sus grandes dientes blancos, y cuando el pipo se acercaba a ella, la yegua cambiaba de color, se volvía roja como el color de la sangre. Y por la nariz echaba fuego como los dragones de los cuentos de hadas, entonces al pipo le nacían alas y se elevaba hacia el cielo como el caballo Pegaso que vio en una página de un libro que recogió de la basura.

A la mañana siguiente se levantó más tranquilo porque tenía la convicción de que su caballo estaba en el cielo. –Tiene que existir un cielo para los caballos buenos, porque algunos ángeles montan a caballo.- Se repitió muchas veces.

El pueblo de San Ritorno estaba enclavado entre las márgenes de dos ríos de pequeño cauce que semejaban los lados de un triángulo, en el que el comienzo del pueblo estaba en uno de sus vértices, unido a la casa de Cristóbal por un camino ancho de varios kilómetros de largo de tierra roja, llena de árboles frondosos. Existían en el pueblo según los censos en las crónicas antiguas, cerca de seis mil seiscientas sesenta personas de toda condición económica y social, un cementerio con aproximadamente seiscientos sesenta y seis lápidas y bóvedas en donde descansaban los restos mortales de las generaciones anteriores. Un hospital con seis salas, seis enfermeras y seis doctores que atendían a los enfermos, seis Iglesias y una escuela en donde se daba instrucción elemental a los habitantes de San Ritorno.

Cuando Cristóbal llegó al pueblo, pasadas las doce del día, entró en una tienda en donde se vendían desde agujas, hilos de todos los colores, abarrotes en general, carnes; y en el fondo del local una especie de salón en el que se servían bebidas alcohólicas en general, y comidas preparadas. Cuando Cristóbal entró en el local, dijo, -Buenos días-, el dueño se quedó mirando fijamente y le dijo:

-¿Es usted el hijo de Don Antonio?-

-Si yo soy el hijo del que era Don Antonio-

Fue la respuesta seca de Cristóbal que no se acordaba del rostro del dueño.

-Bienvenido, te conocí cuando apenas eras un muchachito y venías con tu mamá a comprar, tú no te acuerdas de mí, pero estas igualito. No has cambiado, sólo te has hecho mas hombre.

-El dueño salió de detrás del mostrador y estiró sus brazos para abrazar a Cristóbal.

-Hijo, bienvenido de regreso al pueblo, recuerda que esta es tu casa y aquí viven tus amigos.-

Cristóbal lo miró de cerca, sonrió, y le dijo:

¿Cómo esta usted?-

Ordenó algunas cosas, después recogió sus compras y se puso en camino de regreso a su casa. Quería descansar, mañana sería domingo y tendría tiempo para recorrer el pueblo.

Cuando regresó al almacén en donde se proveyó de los víveres el día anterior, la tarde calurosa de ese día domingo llenaba de una languidez el ambiente. Al entrar en el local dijo:

-¡Buenos días! –

Algunos parroquianos que se encontraban presentes se lo quedaron viendo, y le contestaron a coro:

-¡Buenos días de Dios tenga usted señor!-

Esa era la manera que las gentes de ese pueblo saludaban, y él tendría de ahora en adelante que hacer lo mismo, tendría que bailar en esa fiesta con la música que ellos tocaban, y a pesar de que se sintió incómodo por la costumbre demasiado religiosa del saludo, no era él quien la iba a cambiar. La gente se lo quedó mirando fijamente, la forma de vestir de Cristóbal era diferente a la de los demás, y él pensó que seguramente era eso lo que les llamaba la atención, ya que el no tenía marcas en su rostro, o quizá sería que ya lo reconocían después de tantos años.

Él nació allí y de chico su madre lo acompañaba a la Iglesia los domingos.

El dueño del lugar estaba absorto escuchando la conversación de unos campesinos que en una de las mesas estaban tomando cerveza. Las botellas vacías las acumulaban en otra mesa como para llevar la cuenta de las que se habían bebido, o como para que la gente que entraba viesen que ellos eran buenos bebedores. El dueño miró a Cristóbal se le sonrió y corrió a darle un abrazo.

-¿Cómo te va hijo?- La pregunta del dueño llamó la atención de los campesinos que bebían la cerveza, levantaron la cabeza y miraron con atención al recién llegado.

-Es el hijo de Don Antonio que ha regresado por acá, ¿ustedes recuerdan al padre, ¿verdad? Los campesinos respondieron a coro:

-Muchacho, aquí te conocemos desde que naciste, adelante y refréscate aquí con nosotros- le dijo uno de los campesinos empujando una silla. Él los miró, sonrió, y les apretó la mano de uno en uno. Esa gente lo conocía, conocían a su padre y a su madre y eso era suficiente para sentirse seguro entre ellos, pues a decir verdad, Cristóbal no se acordaba de ninguno. Eran individuos de rostros duros, quemados por el sol, y hasta con rostros amenazantes; vestidos con ropas sencillas. Eran cuatro que reían, pero que su sonrisa se disipó de sus rostros cuando Cristóbal se sentó a la mesa con ellos.

Otro de los campesinos dijo: -Ya me acuerdo, era así de pequeñito cuando Don Antonio lo traía al pueblo.- y estiró la mano con la palma de la misma, arriba del suelo para demostrar a la concurrencia el tamaño de Cristóbal cuando el padre lo traía al pueblo.

El dueño del negocio repitió, -Ven a tomarte una cervecita con nosotros.-

Pero Cristóbal se sintió molesto de la promiscuidad con que lo trataban, él no era un muchacho, él era ahora un hombre, ¿por qué no lo trataban como tal?. Y sintió deseos de marcharse de allí pero se contuvo, después de todo esa gente sencilla no lo recibía con malicia, pero más bien le demostraban cariño, y para ellos, él era uno de ellos, no importaba que hubiese estudiado. Además por esa misma razón, no tenía derecho de demostrar arrogancia con sus conocimientos, y sin mas dilación, cogió un vaso y lo lleno de cerveza. Uno de los campesinos adivinando el pensamiento de Cristóbal, le dijo:

-No te preocupes muchacho, hoy es domingo y comida es lo que sobra, ya comeremos mas tarde.-

Cristóbal se quedó sorprendido de la perspicacia del campesino, ¿cómo le adivinaba el pensamiento? Por supuesto que tenía hambre, no había comido desde ayer en la mañana. Por unos segundos él se quedó meditativo, -en realidad para ellos yo soy un muchacho- se dijo.

Los campesinos volvieron a hacer otro brindis y esta vez por la salud del recién llegado, y cosa curiosa para Cristóbal, hasta ahora ninguno le había preguntado cuando llegó o cuando se iba, o que había venido a hacer en San Ritorno, estaba allí y era suficiente verlo sentado al lado de ellos, sintiendo y dando placer en la compañía de uno y de otro.

Uno de los campesinos miró a Cristóbal y le dijo:

-Aquí lo que pasa, es que somos amigos desde jovencitos, y nos hemos encontrado de casualidad después de tantos años de no habernos visto, tú muchacho has caído como anillo al dedo hoy domingo, porque también has estado ausente por mucho tiempo y nos estamos contando las cosas que nos han pasado, así aprovechamos el momento también para echarnos un trago y contarnos historias. Aquí va la primera.

LA VENGANZA DE LOS AGRAVIADOS

Pues bien señores, era por el año dieciséis, entonces yo era apenas un mocito, era bien pobre pero honrado y trabajador, y aunque el oficio en que me metí no era gran cosa, por lo menos me daba para ayudar a mis viejos para la comida. A mi maestro Don Artemidoro es a quien le debo lo que sé, que en paz descanse, él podría asegurar lo que les voy a contar, y no es que yo haga fantasías para impresionarlos, pero como decía mi difunto maestro:

-Cíñete a la verdad que así serán menos tus enemigos-

Desde entonces aprendí a respetar los principios de esa verdad- todos se echaron a reír y uno de los campesinos le dijo:

-¡Don Pedro, usted nunca ha dicho la verdad y ahora viene con esas cosas, ya está enredando la historia!-

Don Pedro levantó un vaso de cerveza, lo bebió por completo, puso el vaso sobre la mesa y dijo:

El compadre Anselmo tiene toda la razón, no me repitan nada de que yo ya me estaba yendo por otro camino; pues bien así como les estaba contando, era por el año dieciséis, en ese entonces el camino troncal de San Ritorno, no era como se lo puede apreciar ahora, era solamente un camino abierto a trocha y mocha como se dice, suficiente como para que pasen los carretones con las cargas de las haciendas vecinas. A los lados se veían pedazos de montaña, verdecitas todo el año, claro que estaban al otro lado del río, que lindas que se veían, y no como ahora que son sólo una hojarasca seca, recuerden que en San Ritorno solo llovizna una vez al año, y si llueve por casualidad, es como si fuera el diluvio, ese que el Curita de la Iglesia dice que una vez hace un millón de años cayó en la tierra, cuando el mundo se acabó la primera vez.

Entonces cuando llovía, el camino de esa tierra roja se hacía del color de la sangre, era un barro pegajoso, y los hombres y las bestias eran como una sola fuerza para empujar o halar el carretón que se atascaba en el camino. Pero cosa curiosa, ese año llovió tantas veces, que la gente creía que ya era el fin del mundo, parecía que el agua no se iba a acabar nunca, los trabajos escaseaban, y por eso cuando supimos que en la hacienda de Don Cepeda se desplomó el techo de una de las secadoras del cacao, pensamos enseguida, mi maestro y yo, que las manos hábiles de él, eran las llamadas para hacer esa reparación. Ustedes sabrán que no había otro maestro Carpintero de Ribera como él, que destreza para manejar el hacha labrando un calce, y para hacer una oreja, ni se diga, era un campeón, si hasta el mismo diablo se hubiera muerto de envidia. Y como buen maestro carpintero también era un campeón para beber jugo de caña. Él lo llamaba el néctar del hombre pobre y en el bolsillo trasero de pantalón, siempre cargaba una botella pipona, que se la levantaba a pico si estaba lloviendo o si el sol estaba quemando, y como fumaba el condenado, eran unos tabacos enrollados que él decía que eran especiales para ahuyentar a los mosquitos. De todas maneras, nunca lo vi en pendencia con nadie, siempre callado como él solo; y que me perdone el difuntito por remover sus huesos, pero él no era un individuo leído o escribido, pero sin embargo a Don César lo que es de Don César como decía la que las malas lenguas acusaban, de ser la mujer del curita de la Iglesia, y que lo había aprendido en los sermones de Semana Santa. Pero mi maestro tenía un hermano que era Doctor en algo, yo no sé en qué, que de vez en cuando lo ayudaba con dinero, pero que lo regañaba por no haber querido ir a la escuela.

-¡Don Pedro! Sonó la voz de otro campesino, -estamos esperando la historia, ya se fue por otro camino nuevamente.-

Don Pedro se hizo el desentendido y continuó:

Así las cosas, nos metimos en el primer carretón que encontramos que nos dijeron que iba a pasar por la hacienda de Don Cepeda; nos estábamos corriendo el chance para conseguir el trabajo, de todas maneras, por acá no estábamos haciendo nada. En el carretón iban otras ocho personas incluyendo el que conducía a las bestias y el ayudante. Todos iban dormidos a excepción de mi maestro, el que conducía y yo. Ese carretón majaba ese barro rojo, no era que rodaba, créanme, majaba y solo avanzaba por pedacitos, y como seguía lloviendo a cántaros, le colocaban puesto una doble lona para que no entrara el agua, pero asimismo, mosquito que entraba, mosquito que se quedaba, aunque yo ahora pienso, que esos mosquitos, vivían en el carretón. A la subida de un pequeño cerro, una de las ruedas se rompió y el que conducía dijo:

-Se rompió el carretón-, se acomodó lo mejor que pudo y se echó a dormir.

Mi maestro abrió los ojos y preguntó:

-¿Cuánto falta para llegar a la hacienda de Don Cepeda?-

Alguien le contestó: -como cuatro kilómetros.-

Yo sentí que mi maestro me empujó y me dijo:

-¡Caminemos, tenemos que amanecer allí para que nos den el trabajo!-

Quise reclamarle que estaba lloviendo y que todavía era noche cerrada, pero él, ya estaba afuera del camión con el cuello de su saco hasta las orejas echándose otro trago de aguardiente. Tuve que seguirlo, el lodo era espeso, y para no perder mis zapatos tuve que sacármelos y con los pasadores amarrarlos al cuello, el aguacero se me pegaba al rostro, con saña, y el camino sólo se alumbraba de vez en cuando con algún rayo desperdigado que se perdía a lo lejos en la montaña. Yo pensé que mi maestro estaba loco, y yo de remate también; habernos ido así como así nomás en una noche que no estaba ni para los perros. Pero lo seguí nomás, porque yo no me iba a quedar tirado allí en medio de ese campo negro. Mi maestro caminaba y caminaba y se echaba la botella a la boca sin mirarme a ver; la caja de herramientas se me hacía cada vez mas pesada. Yo nunca había probado una bebida alcohólica, pero esa noche, cuando mi maestro me estiro su mano con la botella, creo que sintió lástima de mí, yo, ni corto ni perezoso la agarre, limpié el pico como lo había visto a él hacerlo tantas veces, y me eché un trago largo; los ojos se me quisieron salir, la garganta se me quemó, la tos que me vino, no me la quitaba ni el Diablo si hubiera andado por allí, y mis tripas parecían haberse tragado un incendio. Pasó un largo rato y me sentí mejor; hasta me pareció que iba volando, para entonces, ya no me molestó ni el lodo ni el aguacero. Y a la verdad no me acuerdo cuántos tragos me tomé, pero deben de haber sido siquiera unos ocho, porque cuando miraba a mi maestro, me parecía que eran dos maestros pegados el uno contra el otro que caminaban conmigo. Deben de haber sido como las dos de la mañana cuando llegamos a la hacienda de Don Cepeda. La casa estaba rodeada de una cerca de alambres de púas, el portón de entrada que era de madera, estaba pegado a un poste con dos bisagras de hierro herrumbroso, y estaba localizado al filo del camino, cerrado con un candado, desde allí hasta la casa, siquiera debe de haber habido unos seiscientos metros de distancia. Desde ese portón, mi maestro comenzó a gritar:

-¡Hola de la casa, Don Cepeda, yo soy el carpintero!.-

Pero a esa hora de la noche, cuatro perros grandotes salieron de alguna parte y se vinieron ladrando furiosos a atacarnos; allá en la casa no se oía ni un ruido, nadie salió a prender alguna luz, y nosotros allí parados esperando que venga Don Cepeda a abrir el portón para poder entrar a la casa, pero nadie dijo ni pío, sólo los perros que se querían brincar la cerca, y el aguacero que se ponía más rabioso.

-Vamos a tener que meternos a dormir debajo de un árbol-, dijo mi maestro.

-A lo mejor la culebra X, rabo de hueso puede estar enredada en una de las ramas del árbol, maestro.- le contesté.

Los perros querían salirse para atacar, y yo con mi prudencia, mejor me alejé, mi maestro se alejo conmigo, y caminamos como medio kilómetro más adelante.

Así las cosas, llenos de lodo y chorreando agua nos quedamos parados en medio del fango rojo del camino, cuando uno de esos rayos desperdigados cayó en medio de la montaña, más oscura que la esperanza del pobre, pero con el reflejo alumbró a lo lejos una casita; mi maestro y yo la vimos, y él dijo:

-Debe de ser la casa de uno de los peones de Don Cepeda, vamos a pedirle que nos dé posada hasta que amanezca.-

A mí pareció que ya estaba hablando con un poco de inteligencia, y apuré el paso para llegar más pronto. Cuando llegamos, vi que la casita tenía el techo de bijao y las paredes de caña brava bastante desvencijadas como que querían caerse, y no se veían ventanas por ningún lado. La puerta estaba abierta y los reflejos de una luz mortecina llenaban el interior.

Con todo eso, nos acercamos, era mejor estar allí adentro, que afuera con ese temporal. Entramos, adentro habían unos bancos que estaban alineados como si fuera una Iglesia, estaban negros de la suciedad y se les veía un moho verde en algunas partes de la superficie de los mismos, el piso de la casita era de tierra, y allá en el fondo estaba sentado un bulto que parecía de una persona mayor que tenía la cabeza agachada y que se había quedado dormido, porque no contestó cuando le dijimos:

-¿Se puede entrar en esta casa? Afuera llueve a cántaros y nos va a dar una pulmonía.-

El viejito ni siquiera levanta la vista, no se dio por entendido ni siquiera para mirarnos que habíamos entrado. Al frente del bulto que parecía un anciano, estaba un ataúd con un muerto que se velaba con cuatro velas grandotas. Yo le dije a mi maestro

-¡Que pena que alguien se haya muerto en una noche como esta, ya ve usted maestro, nadie ha venido a acompañar a la velación!, el maestro me contestó:

-Pon las herramientas debajo de un banco, quédate callado y duerme que apenas amanezca tendremos que trabajar duro.-

Mi maestro, se sentó en uno de los bancos, cerró los ojos y se echó a roncar, yo había querido hacer lo mismo, pero había algo en el sitio que me ponía la carne de gallina, cerré los ojos para dormir, pero solo para volverlos a abrir, y pensaba: -¿cómo es que haya un muerto tan cerca de la hacienda de Don Cepeda, y el no haya mandado un par de peones para que ayuden al pobre viejo, que con seguridad es el padre del muerto?

No podía dormir, me levante para acercarme al cadáver y rezarle un padre nuestro como lo había visto hacer a las beatas del pueblo. Para que lo hiciera, cuando vi el cadáver las tripas se me dieron vueltas en la barriga, y sentí una cosa amarga que me llegaba la boca. Pobre muerto, la carne del cuerpo, en donde quedaba alguna, tenía un color

39

verdoso, de la cara solo le quedaban algunos pedazos, parecía que los gallinazos le habían sacado los ojos. En la boca sólo le quedaban las filas de dientes amarillos y desiguales. Un brazo estaba encima del pecho y con su mano descarnada, sujetaba la otra mano para que no se caiga, y que había sido arrancada de raíz; pero la barriga, eso sí que era para mearse los pantalones allí mismo; estaba llena de millones de gusanos que se lo comían sin esperar que al cristiano lo entierren. Yo asustado me eché para atrás donde estaba mi maestro que roncaba, lo sacudí varias veces por los hombros para poder despertarlo, hasta que al fin abrió los ojos, y yo le dije:

-¡Maestro, maestro, este muerto parece que ya tiene varias semanas, los gusanos se lo están comiendo!- él enojado me respondió:

-¡Y para eso me despiertas! ¡Pendejo!-

Y volvió a cerrar los ojos para seguir durmiendo, pero yo volví a removerlo:

-¡Maestro, maestro, le falta la cara y los ojos, yo estoy que me cago y me meo los pantalones del miedo!- Él se levantó y me dijo:

-¡Muchacho! ¡Tú si que jodes, vamos para allá para mirar al muerto!-

Se encaminó hacia la caja, miró el cadáver pero ni dijo nada. Se acercó al bulto que estaba sentado y le puso una mano en el hombro y le dijo:

-Abuelo, ¿no necesita una manito?-

El bulto pareció que seguía durmiendo porqué no le contestó a mi maestro, pero mi maestro insistió:

-Abuelo, unas moscas verdes se están posando sobre el muerto, es mejor que lo tapemos ahora.-

Por que habría tenido que despertar al viejo, porque no era ningún viejo.

Al instante que levantó la cara, era solo una calavera con dos huecos que quedaba en el lugar de los ojos, porque para que ustedes lo sepan, era un esqueleto que estaba velando al muerto.

Yo no sé como salimos corriendo de esa casa, porque a la verdad no me acuerdo.

Cuando abrí los ojos, los otros pasajeros del carretón, nos daban algo a oler, y eran ya como las seis de a mañana, estaba clarito, el aguacero se había calmado, y allí en medio del camino, nos habían encontrado desmayados. Entre todos fuimos a buscar las herramientas, allí estaban en el mismo sitio que yo las había dejado, pero las bancas estaban tiradas por todas partes y no había ningún muerto, lo que había eran telarañas por todas partes.

Después nos contaron en la hacienda de Don Cepeda que hacía como diez años, en una noche igualita que esa, un hijo lleno de celos contra el padre, lo había matado, y que luego arrepentido del crimen, el también se quito la vida. Y créanme ustedes que desde entonces, cuando llueve así a cántaros, mejor me quedo en casa tranquilito, y desde que mi hijo se casó con la Rosa, yo ni me acerco por su casa, no sea que al muchacho un día de estos se le vaya a llenar la mente con los celos, y se le meta el Diablo, y yo tenga que ir a tocar un arpa al cielo, y yo lo único que sé tocar, es guitarra.

Todos los campesinos guardaron silencio por algunos minutos, se sirvieron otro vaso de cerveza y lo apuraron a los labios. Uno de ellos entonces dijo:

-Don Pedro, perdone, pero yo creo que el mismo Diablo debe de haber sido ese esqueleto que guardaba tan celosamente al muerto, porque fíjese usted, si el hijo mató al padre, de una hecha el viejito se había ganado el cielo, y para que iba a regresar a cuidar ningún cadáver, es más probable que el Diablo mandó a uno de sus Diablos para cuidar el muerto, y así castigar a ese malvado.-

Y dirigiéndose a los demás en busca de aprobación, les dijo:

-¿Que dicen ustedes? ¡El viejito debe de haber necesitado una licencia allá en el Cielo para poder regresar, y yo dudo que se la hubieran dado, sólo para presentarse como un esqueleto para poder asustar a la gente, más bien se hubiera presentado como un ángel con su mantito blanco y sus alitas!

¿Que dicen ustedes?

Todos movieron la cabeza con aprobación. Era lógico para ellos que así tenía que ser. Solo Cristóbal sonreía de la superstición de esta pobre gente, y permaneció callado porque después de todo, había gozado de la narración. Esas cosas sobrenaturales eran parte de la existencia de la población de San Ritorno, y con su alma ingenua eran como los niños que son amigos de todos, y que las vicisitudes de la vida las consideraban como parte de ellos, que están allí como los árboles, como las rocas, como los dos ríos que enmarcan al pueblo, siendo ellos también un retazo más de la naturaleza que llenan un espacio en el tiempo. Cristóbal se sintió deprimido, porque él era uno de ellos, con un poco mas de cultura, nada más, y que estaba también en San Ritorno.

-¡A ver Don Teodomiro, usted tiene la palabra, cuéntese algo bueno!- Dijo el dueño del negocio, dirigiendo la palabra a otro de los campesinos y poniéndole su mano en el hombro. Les sirvió cerveza a todos, y atendió a una señora que había entrado a hacer algunas compras.

-Después de su historia, comeremos algo, Doña Hilda, la cocinera, está preparando unas bolas de plátanos envueltas en chicharrones de cerdo que es de chuparse los dedos, y esos vienen gratis, cumplimiento de la casa, para los amigos, y para mi compadre Don Filiberto. Continuó diciendo Don Yagual, que era el nombre del dueño del negocio, y se llevó un vaso de cerveza a los labios.

Cristóbal se puso a pensar:

El punto de partida en la existencia del hombre, cuando entiende que tiene libre albedrío, no es necesariamente conocer el bien para poder discernir el mal, porque entre el bien y el mal, la diferencia no tiene una línea específica, pero comparativa en términos religiosos. El hombre no puede imaginar por un segundo, el motivo de los eventos que se le presentan en su camino, y simplemente actúa de acuerdo a las posibilidades que se engendran de acuerdo a su criterio, sin siquiera poder juzgar en ese determinado instante, lo concerniente a la sociedad material en la que él vive, aunque es esa la sociedad que crea los reglamentos que rigen la mísera existencia de ese hombre.

Partiendo de este razonamiento, ¿cómo podría juzgarse a esta gente, a las cuales, esa misma sociedad les ha negado los más elementales conocimientos de ellos mismos y los ha relegado a las fronteras más inhóspitas de la naturaleza con un estigma de nacer, crecer, reproducir y morir? Y es así que a la justicia que apelan estos hombres, es la venganza de los agraviados.

Cristóbal despertó de sus cavilaciones al escuchar a Don Teodomiro que con la cabeza agachada, decía en voz baja:

-Yo no tengo historia para contar-

-Vamos, Don Teodomiro, no se haga- dijo uno de los campesinos.

-Cualquier cosa es buena, que importa lo que sea, estamos entre amigos.

Los otros dijeron a una sola voz:

-Si, Don Teodomiro, aquí todos tenemos nuestra caquitas, así que no se preocupe.

Se echaron a reír estrepitosamente. Don Teodomiro volvió a mirar a todos y avergonzado, les   dijo en voz baja:

-Es que yo estuve preso por algo que no hice-

Uno de los campesinos le respondió:

-Y para que hacer alharaca de eso Don Teodomiro, eso que importancia tiene. Aquí todos hemos caído presos por una razón o la otra.

¿Verdad compa?

El aludido respondió: -Pues el que no ha caído preso no es hombre, la cárcel es solo para los hombres, la cárcel es la escuela superior del hombre.

LAS AFRENTAS AL HONOR SE HEREDAN

-Hace de esto ya muchísimos años, y ustedes saben que de lo que se cuente aquí, quedará en confidencia todo lo que se diga es como una confesión que se hace al cura en la Iglesia y que él no puede divulgarlo a nadie. Pobre de alguno que quisiera burlarse de lo que se ha escuchado, y cuente cualquier cosa por allí.

Don Yagual guardó silencio, todos los que estaban sentados allí, eran sus amigos, él confiaba en cada uno de ellos, y la amenaza velada, realmente estaba dirigida a Cristóbal. Él lo entendió así, se levantó y les dijo:

-Ya es tarde, tengo que ponerme en camino- A lo que uno de los campesinos le respondió:

-Siéntate hijo, no hay apuro, tú eres como de la familia de nosotros, tu padre era uno de los nuestros, y tú no debes sentirte como un extraño porque hayas estado lejos de aquí por mucho tiempo, además cualquier cosa que hayas oído, o que vayas a oír, son solamente cuentos de nosotros, invenciones que a lo mejor son ciertas, o a lo mejor mentiras, nunca se sabe por cierto, y que importa, de todas formas, no sería bueno andar en chismes, que eso es solamente de mujeres, y uno se puede desgraciar. Así que siéntate y escucha- Y dirigiéndose a los demás les dijo:

-¿No es verdad lo que le digo al niño Cristóbal?-

Todos respondieron en coro: - Sí, si es verdad-

Don Yagual siguió diciendo: -Pues bien, yo tenía una prima que se llamaba Francisca, hija de un tío, todos la llamábamos Panchita, porque sonaba más bonito que Francisca, aunque es lo mismo. Y que linda que era la Panchita, y no es que yo lo diga porque era mi prima, pero la condenada tenía diecisiete años, era delgada y alta con unos ojazos alagartados que quitaban el sueño a cualquiera, ¡qué hembra! Con su pelo renegrido y la piel canela que tenía; y cómo movía la nalga cuando caminaba, si hasta el cura le pelaba el ojo los domingos cuando iba a Misa. Y ya les digo, no es por que era mi prima, les repito, pero es que era linda la muchachita, ella nunca miraba a nadie, pero tenía sus amigas y amigos del Colegio, así como buena cristiana que era, nada más.

Un fin de semana que ella se había sentido indispuesta, y la familia tenía que irse para el Puerto; cuando digo la familia, era el hermano mayor, el padre, la madre y nadie más, pero sabrán ustedes que nosotros los Yagual estamos regados por algunos pueblos y por algunos recintos, y sólo nos juntamos para las fiestas de San Ritorno, o cuando el Cura celebra la Semana Santa, pero sí que somos bastantes.

El caso es que se había muerto el abuelo, que era el padre de la mamá de la Panchita, y para cumplir con el deber de velar al muerto, tuvieron que irse para el Puerto como les dije antes. Ustedes saben que en esos casos hay que pasar la noche comiendo rosquitas y tomando café, o tomando un poco de aguardiente mientras se vela al muerto, y las mujeres le rezan toda la noche, el rosario, para que el alma del muerto se vaya al Cielo.

Como decía, todos se habían ido, pero para no dejar sola a la Panchita, llamaron a una prima de ella que era por parte de la madre, para que la acompañe allí en la casa, esa noche. Ustedes saben bien que cuando las cosas van a resultar mal, siempre salen mal, y así fue que cerca de las nueve de la noche, tocaron en la puerta. Todo esto que le voy a contar, es como lo declaró Ester, la prima de la Panchita cuando más tarde tuvo que ir a la Policía.

-Pero Don Yagual, nos tiene esperando, y se salta en la historia de una cosa a otra-

Don Yagual le respondió medio ofendido: -Ya ven, por eso es que a mí no me gusta contar nada, viene la interrupción y uno no sabe ni lo que ha dicho, y más cuando uno se ha tomado sus tragos-

Don Teodomiro dijo con calma: -Déjenlo que él cuente su historia a su sabor y a su manera-

Todos quedaron en silencio, Don Yagual continuó:

-Ya ven, ya me enredaron un poco, pero allá va. Bueno, el caso es que tocaron a la puerta como a las nueve de la noche y la Panchita la abrió. Allí parados estaban cuatro mozalbetes de esos que ella conocía en el Colegio. Esa noche estaba un poco lluviosa y uno de ellos le decía:

-Panchita, sabemos que la familia se ha tenido que ir al Puerto para cumplir con su obligación de enterrar a tu abuelito, y hemos venido aquí porque entendemos que estas triste. Vamos a tocar un poco de música para alegrarte un poco, y así nos entretenemos también, déjanos entrar porque nos estamos mojando-

Ella les había contestado: -Estoy sola no puedo abrir, además estoy de duelo, mi abuelito ésta mañana falleció, y yo me siento un poco enferma-

-Yo te prometí el otro día nomás que iba a venir a visitar una de estas noches para hablar con tu Papá para que té de permiso y puedas salir conmigo- le había dicho uno de los muchachos.

-Si ya lo sé, a mí también me caes bien, y si hablas con mi Papá, estoy segura de que nos van a dejar salir juntos, esto es, si es que en realidad tú tienes buenas intenciones; pero ahora no hay nadie en la casa, estoy sola y no es bueno que los deje entrar. ¡Que diría la gente si se entera! Y si mi Papá sabe que han entrado, me mata-

Uno de ellos se había acercado a la ventana y la había empujado con suavidad para mirar hacia adentro, y había visto a Ester que miraba y se tapaba la boca para no reírse, enseguida le había cuchicheado al oído al que pretendía estar enamorado, y él ni corto ni perezoso le había reclamado a la Panchita:

-¿Para qué mientes Panchita? Tú no estas sola, allá está Ester que se esconde; ves que no estás sola, mira que el negro Barragán trajo la guitarra para enseñarte a tocar, así que déjanos pasar que ya estamos mojados y nos va a dar una pulmonía, tú no quieres que yo me muera, ¿verdad?-

El otro había mirado por la ventana y cuando vio a Ester, había dicho: -¡Qué buena que está la Ester! -

La Panchita había comenzado a flaquear, se había movido del dintel de la puerta, y le decía:

-Bueno pasen, pero que sea sólo un ratito, no quiero que la

gente le pase el chisme a mi Mamá, porque entonces no me van a dejar salir de la casa-

Al que le decían negro Barragán, le había dicho a la Panchita:

-¿Y quien es el que va a ir con el cuento donde los viejos? Nosotros no vamos a chismear, a menos que ustedes mismas sean las que lo vayan a decir. Además nosotros somos amigos ya de tanto tiempo y yo, a la verdad no entiendo tanta desconfianza que nos tienen-

La Panchita le había preguntado a Ester: -¿Qué dices tu Ester? ¿Tú tienes confianza en ellos?-

-Bueno, creo que sí, había dicho Ester, aunque yo creo que no va a pasar nada, a ellos los conocemos desde que éramos chicas y siempre se portaron decentemente-.

La Panchita se tranquilizo y dejo que los cuatro muchachos se posesionaran de la casa, como sí fuera de ellos. Al que le decían negro Barragán, se puso a tocar la guitarra, mientras que los otros se pusieron a bailar cambiándose de parejas. Algún rato después de tanto bailar, se sintieron con calor y comenzaron a sudar. Uno de ellos dijo que iba a ir a buscar un sitio abierto para comprar unos refrescos. Al rato cuando regresó, trajo unas botellas de colas para las muchachas, y para ellos una botella de aguardiente que se la comenzaron a tomar. Las muchachas se tomaron las colas y sintieron algo raro en el cuerpo, era una sensación extraña que ellas no habían sentido nunca, y cuando los muchachos las comenzaron a tocar, ellas sintieron una felicidad que nunca antes habían experimentado. Se sintieron contentas de que las aprisionarann con las manos o que las apretaran cuando estaban bailando, fue como un cosquilleo raro, permitieron que ellos las tocaran más y más. El Barragán cogio a la Panchita por la cadera con una mano, y con la otra le apretaba la nalga, susurrándole al oído que le iba a enseñar a tocar la guitarra, mientras que otro de los mozalbetes que le decían Jorge, había mirado a Ester con ojos de hambre mientras que una de sus manos la había metido debajo del vestido de ella y se entretuvo tocándole la parte personal, y con la otra mano le apretaba los senos de la muchacha. Para entonces, el negro con otro desgraciado tenían acostada a la Panchita en el sofá, le habían arremangado el vestido, y le sacaban el calzón, y entonces entre los dos manoseaban a la pobre Panchita todo lo que Dios le había dado. Ester había mirado sin decir nada, ni había hecho nada para parar lo que estaba pasando, y era porque ella también había sentido gusto en lo que los otros dos le hacían a ella. No había pensado dos veces, ella misma se había alzado el vestido para que la vean y la toquen; uno de los muchachos se le había trepado encima, le había roto el calzón y ella había sentido una cosa dura que había penetrado su intimidad, había sido una cosa que ella no había podido describir, había querido llorar, gritar, pero quería que el muchacho siga haciendo lo que estaba haciendo. Allá sobre el sofá, a la Panchita le hacían lo mismo. Los cuatro muchachos se habían tomado turnos para abusar de cada una de ellas. Ellas no habían alcanzado a comprender que mismo había pasado, y cómo había sido que se habían dejado violar sin haber gritado siquiera, sin haberles arañado los ojos, sin haberlos mordido. La Panchita se había sentado en el sofá y había comenzado a llorar, se había acomodado su ropaje lo mejor que había podido, y dirigiéndose al negro, le había dicho:

-Negro desgraciado, esto no se va a quedar así, ya veras mañana cuando venga mi padre y mi hermano-

El negro le había respondido:

-¿Y por que me echas la culpa a mi solo? Todos han estado contigo, te ha gustado y ahora te estás haciendo la pendeja-

La Panchita se había parado y con toda la rabia que sentía le clavo las uñas en la cara, lo mordió y gritaba como si se hubiera vuelto una demente. No era para menos después de lo que le había pasado. Haber perdido la virginidad en esas circunstancias. Había desgraciado a toda la familia por la estupidez de haber tenido confianza a gente que conocían desde mucho tiempo; y yo les digo, que muchas veces no paga confiarse como así nomás. No me digan nada, ya sé que me estoy yendo por otro camino, pero es que la rabia de ese incidente, todavía me dura, y es que no sólo fue la violación, pero que el negro cuando sintió que las uñas de la pobre muchacha, se le habían clavado en la cara, le había dado un golpe tan duro en la parte de enfrente del cuello a la pobre muchacha, que ella había caído para atrás y se había quedado muerta.

Los muchachos cuando habían visto lo que había pasado, habían salido corriendo fuera de la casa. Después cuando el Médico Forense descuartizó a la Panchita, había encontrado que a las muchachas, en las bebidas, les habían dado droga, pero mucha droga, y por eso ellas no habían podido entender el cambio que habían sentido en su cuerpo.

Como les dije antes, la prima Ester fue la que estuvo en la Policía con las declaraciones, y había nombrado a los culpables de la violación y del crimen. La policía los había acorralado a todos y los puso presos. Creo que los tuvieron encerrados menos de una semana. El Juez era amigo de los padres de los muchachos, y pariente de una de las madres de los malditos condenados. Cuando los soltaron, el Juez alego que lo hacía, porque las muchachas mismas, con sus propias manos, habían abierto la puerta. Que ellas mismas se habían arremangado los vestidos, se habían sacado el calzón, y que él siendo viejo, y siendo Juez, con unos tragos de aguardiente no hubiera aguantado la tentación. Con mayor razón esos pobres muchachos que viven la flor de su edad. Y él creía, que ni un Ángel bajado del cielo hubiera aguantado esas ganas. Que no consideraba ese hecho una violación si las dos partes consienten en desnudarse. Tomando en cuenta este hecho, él consideraba que ellas habían tratado, o mejor dicho, seducido a esos muchachos, quizá con la idea de quedar preñadas, y así tratar de conseguir un matrimonio conveniente a ellas, ya que estos muchachos, hijos de preclaras familias del pueblo, que él los había visto nacer, y crecer, nunca había tenido duda de la integridad de ellos. En cuanto al crimen, no era cierto, porque el negro actuó en defensa propia, que había sido un caso de mala suerte, y en referencia a la droga que se presume que se les había dado a las muchachas, eso era solo presunción, porque pudiere ser que ellas tenían hábitos que los padres desconocían.

Cuando salieron libres, todo el pueblo se reía, y la gente decía:
-Vea pues, esas dos chicas se hacían las mosquitas muertas, recibían hombres a escondidas y tomaban drogas, ¡qué cosa! Uno nunca sabe quien es el vecino-.

Toda la familia tuvo que irse para otro lado. A Ester hubo que llevarla a un Hospital Mental porque se volvió loca la pobrecita, y a todo hombre que veía, le gritaba que no la mate, que ella quería vivir, que haga con ella lo que él quiera. Y se arremangaba el vestido y comenzaba a bajarse el calzón. La pobrecita duró algunos años, hasta que un día la encontraron muerta en el patio del Sanatorio. Había roto unas rejas de la ventana y se había lanzado hacia abajo, eran sólo dos pisos pero había caído de cabeza y había muerto instantáneamente.

Mucho antes de la muerte de Ester, a continuación de que aflojaron a los mozos, todos los machos de la familia Yagual tuvimos que reunirnos. Había que lavar con sangre la afrenta que nos habían hecho, todos estuvimos de acuerdo que la burla de esos cristianos sólo se paga con la sangre de ellos. Pero para la venganza, ustedes saben, que es mas dulce cuando los otros se olvidan de lo que hicieron. Entonces sí; cómo uno se saborea cuando esa venganza llega. Tuvimos que esperar casi dos años, pero para entonces, todo estaba planeado.-

Los presentes guardaban silencio, alzaron los vasos y se bebieron el contenido a pequeños sorbos, miraron a Don Yagual absortos en la historia que escuchaban. Las últimas palabras eran las que más eco les hacía en la imaginación de ellos.

¡La venganza es más dulce cuando el otro se ha olvidado de lo que hizo!

Sí Don Yagual tenía razón; la venganza es tan dulce, y era como un libro abierto, los ojillos les revoloteaban como pájaros buscando el nido, y la saliva, les pasaba con un sonido gutural, hacia el estómago. Levantaron sus vasos otra vez, y dijeron:

-Sí. Brindemos por la venganza que es tan dulce-.

Todos apuraron en sus labios las bebidas y después quedaron absortos llenos de sus recuerdos. Cristóbal los miraba de uno en uno, el también recordaba episodios que ya los quería olvidar, pero para él ese tipo de venganza no existía. Lo que había pasado, pasó. Y eso es todo, pero para esta gente de una mentalidad absurda, sin respeto de los derechos humanos, no era así, y se exterminaban familias enteras, aplicando el principio de que la afrenta atañe a todos los familiares habidos y por haber. Y Cristóbal pensó:

-¿Es que esta gente habla en serio? ¿O es que sólo están inventando historias para pasar el rato? Pero una cosa si es cierta, y es la manera de pensar porque todos tienen eso en común-.

Sus cavilaciones se interrumpieron con la voz suave de Don Yagual que había comenzado a contar el resto de su historia.

-Así como les estaba contando, los dejamos que se olviden de lo que habían hecho. Los machos de la familia nos sorteamos para ver quienes tenían el honor de lavar la afrenta, y así fue como nos tocó a cuatro de nosotros ser los primeros en ir a buscarlos. Ellos eran cuatro, y nosotros éramos cuatro, el mismo número, para que después no se diga nosotros éramos muchos y ellos, pobrecitos no tuvieron ningún chance.

Uno de ellos, no diré el nombre porque no conviene, se había robado una cholita joven y bonita la condenada, y vivía monte adentro en donde compró unas tierras y que las estaba sembrando con café y cacao. El maldecido construyó una casita en la misma orilla del río. A ese fue el primero que escogimos. Así fue que en una noche de luna, cuando los cuatro Yagual nos reunimos, nos internamos monte adentro. Nos fuimos acercando lentamente, y cuando vimos la casa que estaba sombreada por dos árboles grandes de mangos, nos escondimos entre unos matojos cercanos. La casita tenía un solo piso y una ventana chica, con un techo de bijao, y una escalera hecha de unos troncos delgados. Nada se movía dentro de la casa, nada se oía, sólo el correr del agua del río, y el chapalear de la mismita agua contra una canoa que estaba amarrada.

Uno de los primos dijo:

-Arsenio, tengo miedo, yo nunca he matado a nadie- Arsenio que era el más viejo de todos nosotros, le contestó:

-¿Por que hay que preocuparse? Es igual como cuando matas un cerdo, grita hasta que se cansa, pero de todas formas, se muere-

-¿Y están decididos a matarlo?-

Yo también le pregunté lo mismo a Arsenio, a lo que él me respondió:

-Y bueno, para eso es que hemos venido. De nosotros no se burla nadie, y menos este desgraciado; ahora mismo tiene que pagarlas todas juntas-.

Entonces el primo Miguel que había estado callado, dijo como hablando consigo mismo:

-Arsenio tiene toda la razón, hace más de un año, yo estaba en el pueblo en la cantina de Doña Soledad, y allí estaba el mocito ese; estaba con sus amigos, y cómo se jactaba de lo que había hecho con la Panchita y con la pobre Ester, que descansen las dos en paz. La cara me ardía, y si no lo clavé con mi guardamano allí mismo, fue porque uno de los amigos que andaba con él era Secretario de la Policía. Y cómo gozaban y brindaban los maldecidos. Arsenio tiene razón. De nosotros los Yagual, no se burla nadie-.

Ya no había más preguntas que hacer, la decisión estaba tomada por el resto de la familia. Nosotros sólo teníamos que ejecutar el deseo de los demás. Yo, para la seguridad nuestra le pregunté a Miguelito, donde había amarrado los caballos, y me dijo que cerca del camino entre unos matorrales.

Nos fuimos acercando con sigilo para que no nos oiga y se vaya a echar a correr. Cuando llegamos a la escalera de troncos, comenzamos a subir de uno en uno, en silencio, entonces el primo Juan sacó una cuchillita que tenía, la metió entre la jamba de la puerta, y levantó con suavidad una tira de madera que servía de tranca, empujó entonces la puerta, que no hizo ruido al abrirse. La casita tenía solamente un cuarto grande, allá en el fondo de ese cuarto se veía una cama en la que se distinguían dos bultos, hacía bastante calor, y cuando nos acercamos vimos que los dos se habían dormido en cueros. Todos nosotros nos miramos como si hubiéramos hecho una señal, sacamos los guarda manos, los levantamos y se los clavamos en el pecho. Los cristianos, hombre y mujer abrieron los ojos bien grandes, pero no dijeron ni pío. El primo Arsenio dijo:

-¡Lástima que tuvimos que matar a la chola también, se la ve buena! Pero mejor así por que si la dejamos viva, de seguro que nos denuncia a la Policía.

El primo Miguelito dijo en tono reflexivo:

-Y yo que sentí un poco de miedo, si hasta ya me quería echar para atrás-

Pero nadie le contestó, ¡para qué! La verdad era que todos nos sentimos con miedo.

-A ver si nos vamos pronto de aquí- dijo el primo Arsenio- no sea que vaya a venir alguien y entonces si que nos vamos a fastidiar, porque entonces también tendremos que limpiarle el pico para que no sople. Vaya uno a saber que negocios tenía este cristiano-

Buscamos una lata de querosín, la regamos por varias partes, le prendimos fuego a la casa, y nos fuimos ligerito de allí. Cuando íbamos corriendo a buscar los caballos, uno de los primos dijo:

¡Uno menos!

Nadie le respondió, ni nadie hizo ningún comentario.

A los pocos días se decía en el Pueblo que una banda de asaltantes había llegado a la casa, habían matado a esos pobres esposos. El desgraciado no era ni casado con la chola. Y la banda había robado una cuantiosa cantidad de dinero.

Don Quijije miró a Don Yagual y le dijo:

-Ustedes si que tuvieron suerte-

-¿Y por qué? Le preguntó Don Anselmo.-

-Pues porque- dijo Don Anselmo- tenían que haber bebido un poco de la sangre de los muertos para que el alma de ellos no entre en penaciones y venga a asustarlo a uno. Cuando mi compadre Don Ovidio mató al vecino por un asunto de aguas; no le bebió ni una gota de la sangre, y ustedes hubieran visto. El difunto, todas las noches, venía al camino para asustar a todo cuanto cristiano venía a su paso, y mi compadre Don Ovidio tuvo que salirse de su Recinto para irse a otro lado, porque el alma en pena no lo dejaba dormir-

Don Yagual serio le contestó:

-Usted Don Anselmo tiene toda la razón, porque ahora comprendo todos esos escalofríos que sentí después, y aunque es cierto que nunca vi una sombra de los difuntos, cuando fui a ver al Doctor, él me dijo que el paludismo me iba a matar, pero ya ven, el pobre Doctor se fue primero que yo; y ahora que Don Anselmo lo dice, me doy cuenta que debimos de haber tomado aunque sea un sorbito de la sangre de los difuntos.

-Bueno, ¿y que pasó con esos otros tres? –Dijo don Teodomiro-

-Paciencia- Le respondió Don Yagual, y continuó:

-Ustedes mis amigos, comprendan que la parte mía, yo la hice. Entonces fue el turno de otros primos de ajustar la cuenta con los otros desalmados que nos embarraron el honor, así que lo que les voy a contar, es como a mí me lo contó mi tío Don Sebastián.-

-Pero Don Yagual, usted no nos dijo cuál de los mocitos fue el que mandaron para el Infierno- Le interrumpió Don Teodomiro.

-Yo sé lo que me digo, amigos- Le respondió Don Yagual- para que decir el nombre del santo, así si a ustedes alguien les pregunta, sólo han oído el milagro y no necesitan dar nombres, es mejor así, y no me interrumpan más, porque entonces me quedo callado, porque después de todo, en boca cerrada no entran moscas-

-Bueno, siga adelante y perdone Don Yagual- le dijo Don Quijije- después de todo ya sabemos que hay uno menos-

-Así las cosas como estaba diciendo, mi tío Don Sebastián me invito a tomarme una caña con él, y cuando se puso un poco alegre, fue cuando me comenzó a hablar del asunto sagrado de la familia. Y esto es más o menos lo que me dijo:

-La noche se había puesto bien negra, pero con ese color renegrido que no se puede ver nada; y allí en el monte, nos habíamos escondido con los otros dos parientes, porque sólo quedaban tres, y así mismo, era justo que fuéramos tres de los Yagual los que tenían que ir a buscarlos para aplicarles la justicia que el Juez no había querido dar, no importa que los agarremos de uno en uno, el objeto era eliminarlos a todos, y hasta el Juez habrá que darle su parte, para que no sea maricón, cómo te digo sobrino, llovio a cántaros y te repito que la noche estaba negra, y yo y los otros dos parientes, se enterraron en el lodo del camino, pero no les importaba eso, esperaban con paciencia amparados por la oscuridad. Por ese camino tenía que venir el mocito que era el segundo para limpiarle el pico, recuerda que han pasado cuatro años, y el maldito no tenía idea de que ya era tiempo de que le ajusten las cuentas. Él posiblemente para entonces, olvido lo que le hizo a la Panchita y a Ester, y es así que venía muy orondo montado en un caballo blanquinoso que brillaba en la negrura de la noche. Pero allí agazapados estábamos los Yagual para hacer la justicia que la ley nos negó. Cuando el jinete estuvo cerca, los Yagual salimos al camino con los machetes en la mano, y lo primero que hicimos fue agarrar al caballo; el jinete se tiró al suelo y salió corriendo para el monte. Lo seguimos, total los matojos no eran grandes, y el cristiano no tenía como esconderse, siguió corriendo derecho para el río, y que a decir verdad era una lagartera de tanto animal con hambre que nadaba allí, entonces les dije a los sobrinos, -él cree que va a escaparse por el río- uno de los parientes me contestó- sólo que pase una canoa y lo lleve-

–Suponte que pase uno con una canoa- contestó el tercer Yagual. Allí les dije que dejen las suposiciones del carajo, y que se apuren buscándolo antes de que se haga de día. Cerca del río en un claro, lo encontramos tirado en el suelo, se había cansado de correr y además se había torcido un tobillo, cojeaba bastante cuando se paró. Uno de los sobrinos, levantó el machete y le asestó un planazo cuando estuvo cerca, y hubieras visto como el fulano pegó un salto, justo como la culebra cuando le pisan el rabo, y con el machete en la mano se tiró de frente para atacar a mi sobrino, le tuvimos que caer a planazos y a patada limpia para quitarle el machete, le amarramos las manos, y en su cara le grité:

-Al fin te agarramos desgraciado, creíste que te ibas a quedar así nomás, ¿verdad?- el cristiano respondió:

- No sé quienes pueden ser ustedes, ya que me han asaltado, llévense la plata pero no me maten-

-Que asalto, ni que plata, maricón, nosotros somos los Yagual, la familia de Panchita y de Ester, que en paz descansen, que venimos a cobrar la deuda de sangre- le conteste.

Para esto ya había amanecido un poco, y el cristiano estaba lleno de lodo, la sangre le salía del cuero por varias partes, se había metido en la oscuridad por un matorral lleno de espinas.

Cuando el cristiano oyó el nombre de la Panchita y de Ester, se puso verde, y se desmadejó allí mismo, y le dije a uno de los parientes que le eche agua para que se recupere. El pariente nuestro dijo:

-Sólo se está haciendo el pendejo para que no le peguen- Tuve que amarrarme el cinturón, y le dije al pariente:

-Carajo, el que da las órdenes soy yo, y si digo que le echen agua, hay que echarle el agua-

El pariente no dijo nada, se encamino hacía el río sin chistar una palabra, se saco el sombrero y lo llenó de agua. Regresó con el sombrero lleno de agua fría y se la echó en la cara del maldito, que cuando sintió el agua fría, pegó un brinco, igualito como cuando los

gatos sienten que les echan agua, que nos hizo dar tanta risa. El otro
pariente nuestro le iba a dar un puñetazo en la bemba, pero tú, sobrino,
conoces que yo soy un poco pacífico en esas cosas, tuve que contenerlo,
y le dije:

- Aguanta las ganas hijo, no lo vamos a matar aquí, primero
tenemos que decidir entre todos, lo que vamos a hacer con este
mariconcito-

Cada uno dio su opinión, uno propuso que le cortemos la lengua
para que no hable más en su vida. O que le cortemos las bolsas para
que de verdad se haga maricón; el otro dijo que era mejor cortarle las
dos piernas para que así no vuelva a caminar más en su perra vida.
Pero yo que siempre tomo las cosas con tranquilidad, como te dije
antes, les dije que todo eso estaba bien, pero que si le cortaba las piernas,
el fulano le quedaba la lengua para hablar, y los ojos para ver y
reconocernos en cualquier momento, y que si le cortaba la lengua par
que no hable, y las bolsas para que se haga maricón de verdad, entonces
al fulano, le gustaba que lo hagan de mujer y más bien se iba a dar
gusto, como esos mariconcitos que saben andar en el Pueblo, además
que de esa manera, lo vamos a tener todo el tiempo en la conciencia.
El primo tuyo me preguntó enseguida que cosa es eso de la conciencia,
y tuve que explicarle que era algo así, de cómo cuando él le daba de
palos a los perros que él tenía, y después que los oía llorar, le daba
pena de lo que había hecho, y me dijo:

-Pero tío, y entonces, ¿Qué carajo vamos a hacer con el maricón
este? -Yo le contesté:

-Le vamos a hacer la misma cosa que él le hizo a la Panchita,
primero nos vamos a quitar la afrenta de la violación, y lo vamos a
pasar por la nalga con lo que Dios nos ha dado entre las piernas, todos
nosotros, después le sacamos los ojos para que no vea nunca más en
su vida, y entonces lo soltamos en el Pueblo, para que cuente la
venganza de los Yagual. Recuerden que nos faltan otros dos.-

-Muy bien pensado- Dijeron a coro los demás.

-Entonces el cristiano, que estaba con las manos amarradas,
pegó un brinco para atrás y así como estaba, se echó a correr.

-Se escapa- Gritó uno de tus primos.

-¿Y para adonde va a irse si está amarrado? Les dije.

Pero como estaba cerca del río, el cristiano se tiró de cabeza, y allí mismito cuando me acerque con tus primos a la orilla, los lagartos se peleaban por los pedazos. Los tres nos regresamos en silencio. Después de todo no existíal cargo de la conciencia, porque nosotros no lo tocamos, sólo le metimos un poco de miedo y la justicia de Dios se colocó a favor nuestro, para castigar al malvado.

-El caballo del muerto, - continuó diciendo Don Yagual, - regreso solito al Pueblo, era de día y el sol disipao la lluvia, la gente que conocía al animal, se fueron aglomerando alrededor, y comenzaron a hacerse preguntas y respuestas entre ellos. Era mucha coincidencia que los dos desaparecidos, eran parte de los cuatro que habían abusado de las muchachas y que se habían muerto por culpa de ellos. De todas maneras absueltos por la ley, y eso era suficiente para decir que eran inocentes en ese caso. Había que tomar en cuenta que el uno desapareció hacía dos años, y ahora, éste también. Y decían 'desaparecieron', porque del primero, no encontraron ni las cenizas, ni de él ni de la chola que vivía con él. Y de éste ahora, nada tampoco, y no se podía probar nada, porque los cocdrilos no dejaron ni los botones de la camisa siquiera.

Los otros dos culpables les entró la sospecha de la venganza, y el que le decían negro Barragán, le había dicho al otro:

-El que huye vive-

Las familias de ellos,dieron dinero y así empacaron sus cosas, se fueron para el Puerto y se embarcaron en uno de esos barcos que tienen unas banderas con rayas de colores y que nevegan a sitios desconocidos en el extranjero. Pero yo les digo, la tierra llama, y es como un imán que atrae, y al último cuando uno esta ya viejo quiere regresar para que lo entierren junto con los bisabuelos. Y ellos tendrán que regresar algún día, y entonces la venganza será más dulce, porque alguno de los Yagual estará vivo y estará esperando, porque nosotros los Yagual no sabemos perdonar, ni tampoco olvidar las ofensas que se reciben.

En un ademán que infundió respeto a los demás, se levantó de la silla, miró al tumbado, musitó algo entre dientes, luego se arrodilló, besó el piso y les dijo:

-Juro que cualquiera de los Yagual lavará con sangre la afrenta, así sea después de cincuenta años, que si para ese entonces los padres no han pagado la deuda, los hijos pagarán con su vida.-

Guardó un silencio religioso y todos agacharon la cabeza, y en un susurro en coro repitieron:

-¡Que así sea, y que Dios lo acompañe en su venganza Don Yagual!-

Cristóbal se había quedado pensativo, miró a todos los presentes de uno en uno, y sólo veía a unos rostros arrugados por el sol, por el viento, y por la edad, con hebras de pelo blanco que les adornaba ese rostro duro, y que le devolvían su mirada con una sonrisa inquisitiva. Individuos duros de corazón, desalmados quizá, ya que el crimen lo consideraban una necesidad social. Y cerró los ojos por unos segundos. Se había impresionado por la forma cruel de la descripción de los hechos, lo sádico de las acciones sin un retazo de remordimiento, sin un poco de piedad, ¿sería verdad los hechos relatados por cada uno de ellos? ¿O era una tomadura de pelo para cada uno aparecer más importante delante de los otros? Y abrió los ojos.

ERA BONITA SIN SER HERMOSA

Delante de ella el sol brillaba a través de una ventana de vidrio, afuera el ruido de los automóviles llenaba con su eco el pequeño cuarto pintado de blanco en el que se encontraba. Miró por la ventana que estaba cubierta con barras de hierro puestas en forma vertical y horizontal; más allá se divisaban los árboles y bancos que llenaban un gran espacio que parecía un parque, y gente vestida con esmero caminaba por unos caminos asfaltados.

Se sentó en el filo de la cama, se refregó los ojos con incredulidad, ¿qué había pasado? ¿ En donde estaban los campesinos que hasta hace unos segundos trabajaban en la hacienda de su padre? el pueblo donde había crecido, su cuarto donde había dormido la noche anterior, todo había desaparecido delante de sus ojos, era como si solo hubiera sido un espejismo, o como un pedazo de sueño -¡No puede ser! - se dijo, es imposible haber soñado una cosa tan real, pero la ilusión que tenía delante de ella era abrumadora. ¿En donde estaba su esposo, sus hijos? ¿Su casa?. Cerró los ojos para ver si despertando todo cambiaba.

Doña Teresa se levantó de la cama, caminó hacia la puerta y quiso abrirla para salir de la habitación, pero la manija de la cerradura, no funcionó a la presión de su mano, llena de rabia, pateó la puerta, golpeó la misma con el puño y comenzó a gritar que le abrieran. Afuera, un hombre vestido de blanco, miró su escritorio y su computador. La imagen que se le presentó en el monitor, era de una mujer de unos cuarenta años, blanca, de un rostro regular, con el pelo alborotado; vestida con una camisa blanca que le llegaba hasta la altura de las rodillas, y amarrada por atrás; el hombre vestido de blanco, dirigió su mirada a otro que estaba cerca de él, y le dijo:

- Es la loca del cuarto 312 que comenzó a gritar de nuevo.-

El hombre que estaba a su lado le dijo:

-Tenemos que llamar al Doctor para que ordene un sedativo, porque si no va a alarmar a los otros enfermos-

-¿Y que se puede hacer? Creo que no tiene remedio la loca esa de mierda, todos los días a la misma hora, hace su escándalo diciendo que ella no es Doña Teresa; yo del Doctor le daria algo para que descanse del todo, total ya ni el marido quiere venir a verla - contestó el hombre vestido de Blanco.

- Pero ha de tener mas familia- dijo el compañero.

- A lo mejor, el caso es que ni el hijo ya viene por aquí, al principio venían todos los domingos, pero ahora no se les ve ni la sombra. Y como la ciudad paga los gastos de su estadía, nadie se preocupa. Ayer se pasó todo el día hablando con la pared, y se quedaba como en trance, o más bien como que la pared le contestara. Que trabajo de mierda es éste, tener que escuchar todo el día a esta gente, uno va a terminar loco y de remate. Yo ya ando buscando otra cosa, para salir corriendo de aquí- Dijo el hombre vestido de blanco. El otro lo miró intrigado, y le preguntó:

-¿Y que es lo que le pasa a esa señora?-

-Pues que dice que el nombre de ella no es Teresa, y cuando uno entra al cuarto con el hombre que le lleva la comida, nos llama con nombres extraños, y habla, ¡cuando habla! Como que está en los años de hace ya mucho tiempo. A veces es bonito escucharla, pero otras veces cuando comienza con sus gritos, entonces es otra cosa, allí si que es mejor salir corriendo- Le contestó el empleado encargado del computador.

¿Y no es peligrosa? preguntó el otro.

-No, yo creo que no; sólo temática, comienza su conversación, y de repente se queda como que alguien le habla al oído, y entonces sigue con su relato, si quieres, vamos a su cuarto y así también se calma, pero no te vas a reír de las cosas que diga, porque entonces si se pone furiosa- dijo el hombre vestido blanco.

Los dos se encaminaron al cuarto donde estaba Doña Teresa, abrieron la puerta, el hombre de blanco al entrar le dijo:

-Buenos días Doña Teresa.-

Doña Teresa los miró de pie a cabeza y les dijo:

-¡Hola Don Ramón, hola Don Luis! ¿Y donde están Don Simón y Don Marcos?-

-¡Vienen más tarde, tuvieron que ir al campo a buscar los caballos!-

Le respondió el hombre vestido de blanco.

Doña Teresa los miró otra vez, y como hablando consigo mismo, comenzó diciendo:

- Hace algunos años, cuando mi padre me mandó a estudiar a los Estados Unidos, como él no podía pagar una Universidad de primera, me mandó donde unos parientes que teníamos en la ciudad de Nueva York, y allá llegué yo llena de ilusiones, y a pesar de que era una joven creía saberlo todo. Pero Nueva York es una escuela para el latinoamericano, y uno se forja, se vuelve dura, o se pierde sin remedio en la miseria que circunda por muchas partes. ¡ Don Ramón! No interrumpa por favor, ¡qué dice!, ¿Que no vaya tan aprisa? Y para que yo vaya a escucharlo a usted. Si hasta ahora no entiende ni medio de lo que le cuento. Y que le explique que es eso de Nueva York, y de que se vuelve uno dura. Si ya lo sé que aquí en San Ritorno, desde que se nace es bien duro- Doña Teresa se sonrió, y siguió diciendo, - Tiene razón Don Ramón, no debo de usar palabras extrañas. La ciudad de Nueva York, es una ciudad bien grande que está en otro país con muchos habitantes, y mucha gente de todos los lugares del mundo, y latinoamericano, se refiere a todos los que hablan español.

-¿Que dice?-, ¡no! No necesita hacerse la señal de la cruz Don Ramón, seguro que hay mucha gente que no habla en cristiano como usted dice. Hay tantos países en el mundo que hablan otros idiomas, y son creyentes de Dios y de Cristo. Seguro que tengo razón Don Ramón, ¿No se acuerda del chino de la tienda del pueblo, que hablaba enredado, cuando hablaba con la mujer, como usted decía, ¿Se acuerda? ¡No diga eso Don Ramón! . Él era un buen hombre. Escuche a Don Marcos, él dice que usted no entiende porque no ha ido a la escuela. Pero si vuelven a interrumpir, yo no sigo con la narración. ¡ Ya! ahora está mejor, sigo adelante-

-Yo salía todas las tardes, casi al llegar la noche, a caminar por las calles, me sentía deslumbrada por ese enjambre humano que se movía en todas direcciones, semejaban las hormigas cuando salen del hormiguero. Que desesperación llevaban todos en su paso, iban vestidos con trajes de varios colores, parecía que el arco iris se había posado en las calles en sus rostros blancos, negros, o amarillos, con sus ojos redondos o rasgados, azules como el cielo, o negros como la noche. A veces detenía mi paso para admirar una mujer hermosa, aunque al hacerlo, al detenerme a contemplarla, estorbaba a alguien que iba caminando muy deprisa. Y ahora que pienso, ¡qué también me dirían en su idioma!, total yo no les entendía, yo estaba recién llegada. Cuántas veces caminé por la calle 42 para ver esa fiesta de movimiento humano, o para ver los millares de luces de colores de los avisos luminosos; otras veces cuando la melancolía me llenaba el espíritu, caminaba hasta llegar cerca al río, para enredarme en esa parte oscura de la calle, o seguía hasta la Quinta Avenida, que es como el sueño que también tiene sus límites, y cansada me sentaba en el filo de cualquier vereda a seguir con la vista la gente que iba y venía. Caminaba por Broadway para mirar el conjunto arquitectónico de celdas morbosas adornadas con miles de ventanas frías en donde las flores no llegaban a manchar con su perfume los rayos del sol. Otras veces me paraba a unos pocos metros de la salida del tren subterráneo de la Octava Avenida. Allí en esa esquina, por la escalera negra como boca de lobo, a las cinco de la tarde, salían millares de personas, y era como una ola gigantesca que lo envolvía todo. Cuánto gocé mirando la desesperación de esa gente por salir a ver la luz y respirar la humedad del ambiente.

Era mi primer viaje y quería verlo todo. Cómo me deleito conocer la Capital del Mundo. Visité los centros turísticos, admiré la tecnología americana, me asombré con los Museos y los Parques llenos de flores. Me aventuré dentro de las estaciones de los trenes subterráneos, quería saturarme de todo aquello, los edificios tan altos queriendo llegar a las estrellas. Los puentes tan largos, y las avenidas anchas fueron mis compañeras durante muchos meses, y caminaba por todas partes llena de regocijo. Pero la familia a donde yo llegué, comenzó a explorar mi curiosidad; mis conocimientos reducidos les causaban risa, se burlaban de mí, y yo llena de fastidio, me fui retrayendo poco a poco, trataba de no verme con ellos, y me escapaba por las calles en busca de consuelo. Empecé a maldecir el momento que dejé mis campos tan verdes, extrañaba mis cielos lluviosos, y cuando llegaba la noche, veía el rostro de mi madre que lleno de congoja me miraba. Fueron meses muy duros, no podía comunicarme con la gente porque no hablábamos la misma lengua; el dinero que mi padre me mandaba para mis gastos, se reducía, y la familia donde yo esperaba encontrar un apoyo, se transformaron en extraños, y todos los días me remarcaban en mi cara, que debiera buscar un trabajo, que lo que les daba para pagar mi estadía en su casa era muy poco, que busque donde irme, porque en esa casa yo estaba de más. ¿Qué hacer? me preguntaba todos los días, y me iba a deambular por las calles.

Una de esas tardes en el momento que iba a pisar el primer peldaño de la escalera que llevaba al tren; una mano descarnada me tomó por el brazo, torné la cabeza sorprendida, porque yo no conocía a nadie, y vi dos ojos hundidos en un rostro pálido, y dos labios blancos que musitaban un sonido que yo no entendía. Era un hombre de cuerpo enjuto que quizá decía a gritos, las noches que había pasado sin sueño, o posiblemente de los retazos de sueño que tuvo en algún zaguán, o en una esquina fría mordida por el viento. Era un hombre de carnes carcomidas, un guiñapo humano, harapiento y grasoso con la acumulación de mugre y tinta de periódicos, que seguramente fueron su colchón, colcha y sábana durante las cuatro estaciones del año. Yo me sentí inquieta, no entendía las palabras que salían de esa boca desdentada. El hombrecillo me siguió mirando, esperó unos segundos, estiró su otra mano, y me dijo en un retazo de mi idioma:

-Dinero... comer-

Los ojos azules del hombre se revolvían inquietos mirando en todas direcciones, parecía que tenía miedo de llamar la atención de un policía que estaba más abajo de la escalera; seguía repitiendo su letanía, pero como yo no tenía ni para mí misma, no podía darle nada, y quería zafarme de esa garra mugrienta que me sujetaba, y que cada vez se cerraba con más fuerza en mi brazo. Quería decirle algo, pero para qué, el no me iba a entender. Hice el ademán de soltarme, pero fue inútil, gracias que una muchacha de tez morena se acercó, lo miró, le dijo algo, el hombre le contestó otra cosa, alzó las manos al cielo, sonrío y se alejó caminando. Yo lo seguí con la vista; al cambiar la luz del semáforo en la esquina, el hombre cruzó la calle, se reunió con dos harapos humanos como él, y se perdieron en el interior lleno de humo de un bar de la vecindad. Un hombre de la raza negra que subía por las escaleras se tropezó conmigo y me gritó seguramente obscenidades, porque la muchacha se tapó los oídos, y al no tener respuesta de mi parte, siguió caminando-

- A mí me parece que no está loca esta señora.- dijo en voz baja el empleado que acompañaba al encargado de la computadora. - La forma como habla y lo que cuenta, no es de una persona que está demente-

-Pregúntale que año es ahora- dijo el hombre vestido de blanco - Y pregúntale que edad tiene-

-¿Qué edad tiene usted Doña Teresa?

-En una semana más tendré veinticuatro años- respondió Doña Teresa -¿ Y a que viene esa pregunta Don Luís?-

-De curiosidad nomás Doña Teresa.-respondió el empleado.

-Te lo dije, ella habla del año cuarenta antes de la segunda guerra, es como si el espíritu de otra persona, hubiera tomado posesión de esta señora, que cosa tan extraña- Dijo el hombre vestido de blanco.

- ¿Y el Doctor que dice? volvió a preguntar el empleado.

-Bueno, tú sabes que el Doctor aquí es un Psiquiatra, y cuando habla en sus términos, conjeturas, conclusiones, etc. es latín para mí, de todas formas, él dice que la señora lo que tiene es una histeria, que le causa una exageración de fantasías, una especie de asimilación de las ilusiones que su conciencia acepta como ciertas; yo le oigo comentar con el colega, algo parecido, pero a decirte la verdad, yo ni les entiendo, y para mi manera de ver, ésta señora lo que le pasa, es que se ha vuelto media loca, o es porque tiene ganas de joder, o el marido tiene otra que se la consiguió cuando él estaba con ella, o esta vieja es lesbiana que se cree hombre, y eso es todo,-dijo el encargado de la computadora a medida que caminaban hacia afuera del cuarto y aseguraban la puerta.

El siguiente día era lunes, el Doctor abrió la puerta del cuarto de Doña Teresa y desde el umbral antes de entrar, dijo:

-¿Se puede entrar?-

El doctor venía acompañado de un estudiante de Psiquiatría. El joven al mirar a la mujer de mediana edad que desde adentro del cuarto le decía al Doctor:

-¡Si, Don Marcos, pase usted, y veo que viene acompañado de

66

Don Simón, gracias por venirme a visitar al Hospital, parece que el paludismo me ha tocado los nervios, y me tienen encerrada aquí contra mi voluntad! Y a propósito ayer estuvieron aquí Don Ramón y Don Luís. Que bien me sentí al verlos, porque a pesar de que no tengo tanta amistad con ustedes, son realmente las únicas personas que conozco aquí en San Ritorno. Ayer comencé a contarles a Don Ramón y a Don Luís de mis experiencias de hace unos seis años cuando me fui a estudiar a la Universidad en Nueva York, y no pude terminarles de contar todo, porque tuvieron que irse. Si a ustedes no les molesta mi narración voy a seguir adelante con ella, ya que después de todo, hay que matar el tiempo-

El estudiante de Psiquiatría volvió a mirar al Doctor en una forma interrogante, y le pregunto:

-Doctor, ¿ porqué nos llama la señora con nombres diferentes? El Doctor le contestó:

- No tiene importancia, ella cree que el nombre de nosotros es otro, y si le contradecimos se pone furiosa, además es un caso muy peculiar; habrás notado que nos da otros nombres para identificarnos con unas historias que nunca le han sucedido aunque a veces usa el nombre de un amigo de ella llamado Cristóbal, y tanto menciona ese nombre, que ha acabado por creer que en realidad existe. Y otras veces, que ella no es realmente ella, si no una mujer joven que se llama Esmeralda. De todas maneras ya tiene como cuatro años en observación, y a la verdad que no se puede hacer nada con la Paranoia que padece, y las fantasías han tomado completamente posesión de su ego que cuando vengo a verla le escucho con paciencia, porque así se relaja y después se queda dormida, de otra manera se pone muy violenta y entonces hay que llegar a la medida extrema de ponerle una camisa de fuerza y llevarla al cuarto de paredes de plástico con aire para que no se haga daño. Casos como éstos, son los importantes, porque nos dan a conocer las dimensiones en que se desplaza la conciencia humana, esos casos de múltiples personalidades son los más difíciles de tratar, porque en el mismo individuo existen otros, algunas veces más fuertes, otras veces más débiles, y casi siempre el más fuerte es el que va al final a constituir el primario residente del paciente. Lo curioso es que en muy pocos casos, el otro residente del subconsciente del paciente es amoral como en el presente caso que cuando toma posesión de ella, las cosas que dice o hace, están en contra de las reglas morales conocidas.

El estudiante escuchaba absorto al Doctor, él había oído decir de estos casos, pero no había presenciado nunca una sesión de esta índole. Así que siguiendo la pauta del Doctor le dijo a Doña Teresa:

-Doña Teresa, usted dice que a Don Ramón y a Don Luís les estaba contando sus experiencias de cuando usted fue a estudiar a Nueva York, ¿porqué no continúa con la narración desde donde terminó ayer?-

-Pero es que ustedes no han oído el principio- Les dijo Doña Teresa -Además quiero que me hagan un favor, que ahora cuando se vayan, busquen al Doctor que me atiende, y hablen con él para ver cuando voy a salir de aquí, porque ya no me da fiebre ni los desmayos, me siento bien, y creo que no hay necesidad de que me tengan aquí encerrada-

- Sí, antes de irnos lo buscaremos para ver que dice- Contestó el estudiante.

- Bueno, -dijo Doña Teresa, - la muchacha que conocí a la entrada del subway y que me ayudó con el viejo desgraciado que me había agarrado del brazo, era una muchacha de tez morena-

- Tú tienes poco tiempo acá. ¿Verdad? Me preguntó sonriendo.

-Yo me sorprendí porque me habló en un español sin acento, y ella notando mi asombro me dijo:

-Yo vine cuando era muy pequeña. Soy de Puerto Rico-

-Entonces sonreí, hacía un rato largo que no lo hacía, me sentí contenta, ya tenía con quien conversar, y en ese momento la miré atentamente. Tenía unos ojos alegres con el color de las nueces, y sus labios un poco gruesos no me disgustaban al mirarlos, tenía dos hileras de dientes sumamente blancos, su pelo era negro, largo, y al caminar dejaba en el aire, como un perfume de rosas. Sí. Era bonita, pero no era una mujer hermosa, su cuerpo era largo sin enseñar las colinas de sus senos que parecía se habían escondido en alguna parte, y su cadera no era como para atraer los silbidos de los hombres, quizá yo la había visto bonita a pesar de que sus encantos eran escasos. Pero hacía tanto tiempo que yo no había aspirado, ni sostenido en mis brazos el olor de una mujer, ni el calor de un cuerpo femenino, y en mi fantasía momentánea, la imaginé como una orquídea negra gigantesca que yo la iba a deshojar lentamente, y busqué sus ojos para mirarme en ellos, ¿que otras cosas pasaron en ese instante por mi cerebro? No lo recuerdo; pero ese tedio que me había invadido horas antes, se había súbitamente transformado en alegría. El placer de vivir había invadido la nostalgia, y me fui caminando con ella; conversando de cosas ridículas y esperando que las horas se queden quietas para que ese coloquio no se acabe nunca. Yo me llamo Esmeralda le dije.

Le pregunté que le había dicho al viejo borracho que me había importunado y me contestó que lo había amenazado con llamar a la policía; le di las gracias por la ayuda que me había dado, sin ella hubiera sido imposible librarse del sujeto, que en realidad era uno más de los borrachos que deambulan por las calles pidiendo dinero para su vicio. Y me imaginé yo misma en la misma situación y pensé, ¿Qué sucedería en ese momento que me alegraba con su sonrisa, si ella hubiera sabido que yo no tenía dinero en mi cartera? Quizá no se hubiera molestado en haberme prestado su ayuda.

El Doctor y el estudiante estaban absortos escuchando la narración de Doña Teresa. El estudiante le dijo al Doctor en voz baja:

- Doctor, esto es fantástico, son dos personas diferentes, ahora es Esmeralda quien habla, yo había oído de casos de múltiples personalidades. Es curioso oír a la mujer que se desplaza en los sentimientos de otra mujer. Es la primera vez que presencio un caso ambivalente como el de ahora-

-Eso no es todo, - dijo el Doctor, - ponga atención ahora-

Doña Teresa los miró intrigada que se hablaban en voz baja en el oído, y les dijo:

- Ya Don Simón, yo sé que algunas cosas que yo digo, usted no las entiende, es como lo dijo Don Ramón el otro día, lo que pasa que usted, Don Marcos y usted Don Simón no han ido a la escuela, y no quiero que se ofendan por eso, yo estoy contenta porque no me han interrumpido ni una sola vez. Y yo sé lo que usted piensa Don Simón, que es muy fácil conseguir una hembra allá en Nueva York, y que eso del viejo que pedía limosna para emborracharse, y que si estaba tan flaco como lo digo yo; usted le hubiera dado una pescozada que no se la quitaba nadie. Y en cuanto a las mujeres, a los diecinueve años cuando yo estuve allá, todas las mujeres del mundo la miran a ver a una como si la hubieran visto que estaba orinando, pero a su edad es diferente, porque para usted, todo trigo es limosna, y no se haga ilusiones de las mujeres jóvenes que vienen a buscarlo por su belleza u otra cosa que usted tenga, porque si no tiene el bolsillo lleno, olvídese del amor pretendido. Y a usted Don Marcos que piensa que el guardamano va a solucionar cualquier problema; imagínese usted, qué hubiera pasado cuando el negro ese me insultó en gringo como usted dice, y yo le hubiera limpiado el pico allí mismo, entonces me hubieran mandado a la silla eléctrica, bien merecido que lo hubiera tenido, no estaría yo aquí en San Ritorno contándoles el cuento. Bueno a ver si no interrumpen, para contarles el resto de la historia-

El Doctor miró al estudiante, y le dijo:

- Ya ve usted, ella en este instante es otra persona que existe en la conciencia de Doña Teresa. De un momento a otro se efectuó ese cambio de personalidad.-

- ¡Qué fantástico, quiero volver mañana de nuevo, si a usted Doctor no le molesta! ¿ Y en donde queda San Ritorno? -dijo el estudiante- a lo que el Doctor le respondió:

- No me molesta en lo más mínimo que usted vuelva mañana. En cuanto a la ciudad o pueblo que se refiere Doña Teresa, lo hemos buscado en el computador, y ese nombre no existe en ningún país del mundo. Yo creo que es un sitio mítico que la imaginación de ella lo ha inventado, y que su otra personalidad lo aprovecha para dar un lugar creíble a las historias que realmente vive o mejor dicho que viven en el subconsciente de Doña Teresa.

SUZY ABUSO DE ELLA

Carmen siguió caminando por la octava avenida hasta que llegó a la calle setenta y nueve, allí está la columna de Cristóbal Colón, justo cuando comienza en esa esquina, el Parque Central, era una coincidencia que le agradó mucho, la estatua que tiene el nombre de su amigo, y la muchacha que iba a su lado, se echó a reír:

- Mi nombre es Susana, pero todos me llaman Suzy, aquí a todos les cambian el nombre, quizá será porque se les hace más fácil, estoy segura que a tú te dicen Cari- Le había dicho la muchacha, ¿verdad?-

Carmen asintió con la cabeza, aunque en realidad, todavía nadie la había llamado con ningún nombre. Le daba lo mismo, no tenía importancia, en la casa de la familia en donde vivía, lo más que le habían dicho hasta ahora era ¡hola, como te fue! Cuando fue a cruzar la calle, la tomó de la mano, y se la apretó ligeramente, ella la dejó hacer y le respondió con una sonrisa. Cruzó la calle tomada de la mano de ella y se internó en el parque por uno de los varios caminos que cruzan de una avenida exterior a otra. El Gran Parque Central es dos veces más grande que el pueblo de San Ritorno le dijo a Suzy, y ella sonrió al mirar el rostro de Carmen que era como una niña que había encontrado un nuevo juguete. Siguieron caminando por un largo rato cogidas de la mano, sin decir una sola palabra, cansadas, se sentaron encima de la hierba. La proximidad de ella, le enervaba la sangre, y cuando Suzy se entretuvo con sus dedos en enredar el cabello de Carmen, el ansia de poseerla fue mas fuerte que el decoro o la decencia que ella presumía tener, y le hizo el amor con violencia, allí sobre la hierba con un cielo estrellado. Ella la dejó hacer sin protestar. Las manos de Carmen habían cobrado vida propia, el aliento era un incendio en sus labios que buscaban con ansiedad los de Suzy para depositar sus besos, uno, otro, y otro, hasta que la

71

saciedad le llenó el alma. Suzy la había satisfecho, sin protestas, sin resistencias físicas, cuando, con el ansia que sentía abusó de ella. Y pensó que seguramente Suzy también como ella, había tenido la necesidad física que su deseo le había impuesto. O quizá la curiosidad de conocer como es que una mujer le hace el amor a otra, y así tener una nueva experiencia en su existencia.

Cuando salieron del parque, eran como las once de la noche, las horas se habían escurrido a prisa entre ellas, tan corto parecía el tiempo que había transcurrido, y caminaron en silencio sin un reproche de ninguna de las dos. Se acababan de conocer y ya habían envejecido juntas. Ella había bebido saliva en los labios de Suzy, se había hundido en los ojos de ella, se había arropado con el calor del cuerpo de ella, y se había imaginado enterrarse como una espina en las profundidades del alma de ella.

Cuando llegaron a la estación del tren, Suzy le dijo que tenía que irse a su casa, porque tenía que trabajar al día siguiente, y Carmen con la angustia de no saber donde la volvería a encontrar, le rogó mil veces que volviera, que quería verla de nuevo, pero Suzy con una sonrisa triste le aseguró que se encontraría con ella a la misma hora y en el mismo sitio que la conoció. No le dio la dirección de su domicilio, no le dio el número de teléfono de su casa, no le dijo donde trabajaba, ni siquiera el apellido de ella. ¿Cómo poder encontrarla otra vez en ese enjambre humano de la ciudad más grande del mundo? pensó, y la vio alejarse por la boca negra del tren subterráneo.

Carmen se marchó en dirección opuesta tratando de reconocer el sitio donde la encontró, y se fue deambulando por la calle cuando de repente se encontró en la séptima avenida, que hermosa que era durante la noche, millares de luces adornaban cada escaparate y cada edificio en un derroche de energía eléctrica.

En una esquina había una droguería con un escaparate grande llenos de juguetes y cientos de artículos para la casa, y por su mente cruzó la idea de la Navidad, pero la Navidad estaba muchos meses lejos y para sentirse conforme con su pensamiento, se dijo: -Quizá aquí todos los días se celebra la Navidad.

Absorta se quedó mirando la vitrina. Allí en una esquina, había una muñeca rubia del porte de una niña de unos cuatro años, más allá otra pero con el pelo negro, otra con el pelo rojo, pero todas tenían la misma cara el mismo tamaño, un molde para todas ellas, la misma fábrica, pensó:

-Que curioso si el ser humano fuera así, todos con el mismo rostro, el mismo color, el mismo tamaño, entonces quizá, se acabarían las guerras, pero asimismo la vida sería muy monótona. La misma gente todos los días de la existencia, y entonces a lo mejor el índice de suicidios sería muy grande, porque, ¿quién quiere vivir en esa clase de monotonía?.

El precio de las muñecas le llamó la atención:

$12.99 cada una, ¿porque no 13 cada una? ¿ Es que a la gente no les gusta el número 13 porque se dice que trae mala suerte? o es que ese centavo de diferencia hace que la gente piense que está recibiendo más por menos?

Siguió caminando mirando las luces rojas de las guías de los automóviles que al alejarse, parecían mil ojos rojos que se movían curiosos en la noche.

Con el paso cansado de caminar y de haber hecho el amor, alcanzó la escalera de la estación del tren subterráneo que va a Brooklyn, se sentía incomoda tener que regresar a la casa de sus parientes donde ella imponía su presencia, porque a decir verdad, no la invitaban a quedarse, ni siquiera que viniera a visitarlos. Ella había encontrado la dirección de ellos y así cuando llegó al Aeropuerto, la fuerón a buscar. Al principio su presencia era agradable, y aunque conversaban de cosas banales, se distraían escuchándola. Una de sus amigas allá en sus campos, le decia:

-Hermana, la visita es como el pescado; el primer día que rico que sabe; el segundo, pasa; pero al tercer día, apesta-

Y era verdad, ella se sentía que estaba de más en esa casa, se sentía como un ratón en una de esas trampas para cazarlos, que se asemejan a una jaula, y que después que entran, no encuentran la salida. Ahora era aún temprano para andar en las calles de esa gran ciudad, y sin embargo era ya muy tarde para ellos que tenían que irse a trabajar a la mañana siguiente, la mirarían con ojos de recriminación haciéndola sentir culpable. Se sentía con hambre y no tenía dinero para comer afuera, allá en la casa cuando llegue se conformaría con cualquier cosa que le hayan dejado. Si no había ido al Colegio todavía era porque no la aceptaban hasta que aprendiera el idioma, y ella había ido a tratar de aprender, pero las clases eran tan aburridas; la gente vieja que asistía a las mismas se demoraba mucho en pronunciar una palabra que al día siguiente la habían olvidado de todas maneras. Y en una de esas noches se había levantado y se había marchado con la esperanza de que aprendería el idioma cuando llegara el momento ya que la necesidad la obligaría a hacerlo.

La estación del tren no estaba desierta como ella había pensado, grupos de gente caminaban apurados hacía la plataforma de estacionamiento, otros salían, y otros seguían camino hacía la estación de buses que van a New Jersey. La estación estaba rodeada de una verja de hierro y siguió caminando hasta llegar al kiosco donde vendían unas monedas especiales que se insertaban en una ranura para activar la puerta de entrada a la plataforma donde paraba el tren. Ella compró su moneda, se la llevó en la mano, pero antes de continuar, miró el mapa que tenía para estar segura que tomaría el tren que ella necesitaba para llegar donde quería. No tuvo que esperar mucho, el tren llegó, paró violentamente y las puertas eléctricas se abrieron. Los que tenían que quedarse en esa estación salieron desesperados, Carmen entró y se sentó, hizo el ademán de no mirar a nadie, pero una señora que estaba sentada frente a ella, le clavó los ojos, la midió de pié a cabeza, la desnudó con el pensamiento, por el rictus de los labios musitó algo despectivo y volteó la cabeza hacia otro lado. Carmen se hizo la desentendida, pero la mujer la miró por segunda vez con el desprecio pintado en su rostro, y Carmen disgustada se levantó y se fue a sentar en otro asiento para no ver el rostro lleno de odio innecesario de aquella mujer a la que ella nunca vió antes en su vida. Se pregunto:

-¿Que pudo haberle molestado de mi persona? No la he conocido, no le dije nada, no le he hecho nada, y ella aún me siguió con los ojos, creo que me dijo spanish, no entiendo por qué tanto odio. ¿Será que alguna vez conoció a alguien que le hizo algún daño, y ahora estereotipa a todos con una especie de síndrome- Cerró los ojos fingiendo que dormía para no tener que prestar atención a los demás pasajeros.

Cuando abrió los ojos, la vieja agresiva se había marchado y en su lugar se había sentado una morena de boca grande y morada, seguramente se había pintado los labios con su color preferido. Tenía unos ojos negros brillantes en los que las partes blancas de los mismos caían en una contemplación radiante de sí misma. El pelo se lo había estirado con líneas quebradas en las ondulaciones, Carmen se la quedó mirando y pensó:

-La cabeza se parece a los nidos de algunos pájaros de mis campos.

La muchacha morena llevaba puesta una chaqueta crema apretada en la cintura y una falda corta ajustada en la cadera, había entrelazado unas piernas flacas para mostrar mejor unas pantorrillas que tenían iridiscencias negras; a su lado iba una rubia de labios sensuales, ojos azules y de tez blanca como la leche, su mano nerviosa enredaba sus dedos con los dedos de la morena, y por momentos se miraban a los ojos, se sonreían, y en un momento dado, se abrazaron, y se dieron un beso largo sin importarles la opinión del resto de pasajeros que iban en el tren. Carmen miró de soslayo a la gente que viajaba, pero todos fingían dormir, o leer un periódico sin prestar la menor atención a lo que pasaba. Carmen cerrando los ojos, con una sonrisa en los labios, dijo mentalmente:

-¡Que hermosa que es la libertad, ojala así fuera en San Ritorno!.

SEXO SIN AMOR, ES PROSTITUIRSE

Cristal abrió los ojos, el tren estaba llegando a la estación de la Opera, tenía que cambiar la línea para llegar a la estación de Lourmel, se salió del tren y tomó el otro que la llevaría a su destino. Cuando llegó, salió a la calle, no se veía ni un alma, la noche en el mes de Febrero se enfriaba tanto y eran más de la doce, nunca sentía miedo a la oscuridad, pero caminar por todas esas calles dormidas, infundía respeto y se puso de un humor terrible. Tenía que tocar el timbre porque la llave de la puerta se le perdió en algún sitio, o a lo mejor la dejó olvidada en la casa, de cualquier forma, cuando le abrieron la puerta, el argumento que le dieron fue terrible, las amenazas inconcebibles, que al final le tiraron la puerta en la cara. Tuvo que ir a dormir a la estación del tren fingiendo que lo esperaba para que el guardia no la echara del sitio. Con hambre, con un frío que le congelaba los huesos, porqué no tenía una chaqueta gruesa, y aún pensando que tenía que regresar al día siguiente por su maleta, fue imposible que conciliara el sueño.

En la estación del tren conoció un joven alto, de casi la misma edad de ella que parece que estaba en la misma situación precaria, cuando entablaron conversación para pasar el rato, descubrieron que tenían muchas cosas afines, hablaban la misma lengua, venían de lugares similares y comenzaron a hablar de los mismos problemas que tenían. Una coincidencia feliz el haberse encontrado, porque de ahora en adelante, si se entendían tan bien, los problemas podrían ser repartidos entre dos, y así cambiaron de ideas y aceptaron hacerlo, ya que ninguno de los dos tenía nada que perder, los dos no tenían nada y compartir la nada a las finales nada se pierde, y así quedaron en encontrarse después del medio día en la misma estación y en el mismo lado de la línea.

Eran como las cuatro de la tarde cuando Cristal se encontró con el nuevo amigo, se regresaron en el tren hasta la estación de La Opera, salieron; se fueron caminando por La Rue Lafayette, cuando llegaron a la Rue de Faubourg cruzaron al otro lado de la calle, y con suerte encontraron un aviso en el que anunciaban un apartamento para ser rentado. Reunieron entre los dos, lo poco que tenían y alquilaron el sitio, no era gran cosa, pero tenían un lugar donde dormir y prepararse una taza de té si era necesario.

Al día siguiente en la mañana, Cristal se sentía débil, cansada, malhumorada, pero con el consuelo de que el amigo que tenía ahora era la persona que podía ayudarla, tenía que conseguir un trabajo de cualquier cosa, y por su mente pasó el cuadro de los gitanos que mendigan en las escaleras de La Opera, y se dijo: -¿ Y si yo tengo que pararme en una esquina para mendigar la caridad pública?

- ¿Qué sería de mí?-

Y el pensamiento de que tendría que volver donde sus parientes a disculparse, rogarles que la tomen de vuelta en la casa de ellos, que le den un segundo chance, la llenó de horror.

-¡Qué ironía la del destino!- se repitió. -Allá en mis campos yo era rica, lo tenía todo al alcance de mi mano, la fragancia de los árboles y de las flores, canto de los pájaros, el gallo que cantaba a la salida del sol, el murmullo del río, la caída de la lluvia que arrullaba mi sueño, la voz cantarina de mi madre, todo ha quedado tan lejos. Sí, yo era rica, porque no conocía el hambre, y ahora no sólo tengo hambre, si no que tengo que vestir con harapos que no me cubren del frío. Sin poder comunicarme con la gente, sin ver la mirada hosca de mi padre; y cómo lo amo ahora. quisiera tenerlos al alcance de mi mano para tocarlos, al alcance de mi voz, para decirles cuánto los quiero- -Que extraña dualidad la de mi existencia, daría todo lo que ahora tengo, que es solamente mi vida para que ellos no tengan que avergonzarse de mí. Debe de haber sido un espectáculo sin nombre verme acostada en el banco de la estación del tren en donde se cruzan cientos de almas, y yo sola, con los ojos gachos, mirando al suelo, cavilando y jurando mentalmente cambiar mi destino, ese destino que hasta ahora no tiene sentido. ¿Será el hambre que me obligue a tomar esta decisión final? ¿ O será la desesperación de encontrarme en el comienzo de un laberinto en el que jamás encontraré una salida? ¿Y este hombre que acabo de conocer, será un caballero, querrá ser el padre de mi hijo? No tengo a donde ir, y él me acaba de dar su mano amiga. Tendré que pagarle con lo único que puedo darle, mi amor por él, aunque será difícil ¿Cómo puede amarse a alguien que se conoce un día solamente?

Siguió cavilando, cuando sintió que alguien la tomaba del brazo. Tornó el rostro y vio que dos ojos llenos de luz, le sonreían, allí estaba el nuevo amigo que lleno de alegría, con una sonrisa de oreja a oreja le decía:

- Ya no hay que preocuparse tanto, conseguí trabajo en Printems que queda cerca de aquí, hasta me puedo ir caminando, el salario no es grande, pero es un trabajo, si no te molesta, mañana te llevo allá, estoy seguro que también podrás trabajar.

Cristal indecisa con sus pensamientos que aún se revoloteaban en su mente, miró a su único amigo, y al verlo se quedó seria por algunos instantes, pensando aún:

¿Que habrá visto en mí? Él sabe que sólo le puedo dar amistad, yo no lo puedo ayudar en nada para pagarle el favor que él me hace. Lo único que tengo es sexo, pero sexo sin amor es como prostituirse, y yo no quiero ser una prostituta. El sabe que él es mi única esperanza en éste país de mierda, y me ayuda quizá sin esperar retribución, debe de ser un ángel que ha llegado para cambiar mi destino.

Miró con una sonrisa triste al amigo y le dijo:

-Sí, mañana en la mañana, vamos, y a propósito, ¿ cómo te llamas? con el drama que tuvimos ayer, y en la confusión, ni yo te di mi nombre, ni tú me diste el tuyo. Yo me llamo Cristal-

-Y yo me llamo Ángel- respondió el hombre joven, y ella pensó:

-Que coincidencia, me referí a él como que era un ángel, y ese es su nombre. Pero ángeles no creo que existan, ellos son sólo una creación religiosa. Y yo que tuve que ir a dormir a una estación de tren para encontrarlo.

Angel miró a Cristal con condescendencia espiritual, era una muchacha muy atractiva, pero había en ella algo indefinido, era algo como que no era la misma persona cuando lo miraba. Cierta clase de tristeza que era contagiosa, pero quizá todo eso era prematuro, y era mejor dejar las preguntas para otro rato. Ahora tenía que salir a comer algo, todavía quedaba un poco de dinero y era suficiente para comprar algo.

-¿Adónde vamos?- le preguntó Cristal sacándolo de sus pensamientos, y él le respondió:

-Podemos caminar por el Arco de Triunfo, o si te gusta, vamos primero a la Torre Eiffel, estoy seguro que no conoces por allá-

-Tienes razón, no conozco nada de esta ciudad- le dijo.

Salieron, estaban un poco distantes pero de todas maneras decidieron caminar.

-Cualquier cosa que tu digas, está bien- continuó ella diciendo.

Pero en su pensamiento, estaba tratando de complacerlo solamente, sentía frío, pensaba en su hijo, tenía hambre; lo tomó de la mano y se apretó zalamera junto a él, después de todo, era la compañía que ella necesitaba.

Cuando llegaron a la Plaza de la Opera, se sintió aún mas cansada que antes. En los alrededores buscaron algo de comer. Comieron en silencio, cuando terminaron él la tomó de la mano nuevamente y se encaminaron a la estación de buses, se embarcaron en el que los iba a llevar hasta Los Campos de Marte, y después caminaron hasta la Torre Eiffel. El camino estaba adornado con pequeños negocios donde vendían revistas y periódicos, más allá el área se transformaba en una inmensa planicie de hierba verde con caminos asfaltados para caminar, unas luces de colores adornaban la entrada de la torre, pero antes de la entrada había una feria de pinturas y artistas que exhibían y vendían sus trabajos. Un joven que parecía árabe, con un lápiz y manos ágiles, llenaba hojas de papel de hilo con el dibujo del rostro del que quisiera posar para él por el pago de unos pocos francos, y sus trabajos eran bastante aceptables. Más allá, un hombre musculoso de gran estatura, estaba rodeado de unas cinco muchachas jóvenes y bien vestidas, una de las muchachas le dijo algo y comenzó a cantar, mientras que los presentes reían de las tonterías a las que el hombre les ponía música. Los turistas habían llenado el sitio; unos marineros de traje azul se sumaron al grupo de gente para mirar al artista que con un poco de lápices de colores en una mano, dibujaba algo con la otra, que al final en lugar de haber dibujado una obra apropiada para un museo, era apenas una caricatura ridícula. La gente comenzó a burlarse, y el artista ofendido, recogió sus papeles y lápices y se alejó disgustado.

Cristal después de un rato de estar cerca de la Torre, le pareció aburrido el lugar, en el camino de regreso aún dentro del parque, una mujer gorda, con unos senos que no le entraban en el pecho, y unas nalgas que no se acomodaban en la silla, ofrecía seriamente sus servicios de modelo.

¿Cómo puede alguien posar seriamente si solo con mirarla causa risa?

Le dijo a Ángel que la miró seriamente y que le respondió:

-¡Todos tienen que comer, y para eso tienen que trabajar en algo!-

Cristal no le respondió, lo miró y bajó la cabeza, él tenía razón, no se puede vivir del aire.

Cuando regresaban se internaron por calles que rodeaban el parque, pero cansados tuvieron que buscar otra vez la estación del bus para regresar de donde habían venido.

En el camino de regreso Cristal se decidió a contarle a Ángel del problema que se le había presentado al no estar más en la casa de la familia con quienes ella vivía, con la cabeza baja, y en una voz apenas audible, le dijo:

- Tengo un hijo del compromiso que tuve anteriormente-

-¿Dónde está el niño?— Ángel le preguntó en una manera casual.

-Mi prima me lo cuidaba en la casa donde yo vivía hasta el día de ayer. Disgusté con ella por los celos que tenía con el esposo acusándome de que yo coqueteaba con él con la intención de quitárselo. Tuve que irme de allí. No lo hubiera querido hacer, pero no tuve otra alternativa. Ahora tengo que ir a buscar al niño, no sea cosa que mi prima le haga alguna maldad. Además tengo que ir a buscar mi maleta que está allá, porque no tengo nada para ponerme mañana cuando vaya a buscar trabajo. Si no quieres participar de la vida miserable que ahora tengo, lo comprendo. Mañana buscaré donde irme.

Ángel la miro con conmiseración y le dijo:

-Ese niño es lo que tú tienes antes de conocernos, eso es lo tuyo, ¿Cómo puedo yo hacer una decisión en lo que tu tienes que hacer o no? Tu vida tienes que vivirla como tú la has trazado, y cualquier cambio que exista en ella de acuerdo a las circunstancias que se presenten en el camino, sólo te van a afectar a ti. Vamos a buscar al niño y tus cosas; mañana encontraremos quien lo cuide y todo marchará como deba de marchar.-

De la estación de La Opera tomaron el otro tren que iba a la dirección de la prima de Cristal. Cuando ella llegó a la casa y tocó el timbre, le abrió la prima que al verla que iba acompañada, le gritó a la cara:

-Ya decía yo que eras una puta, enseguida encontraste quien se hiciera cargo de ti. Yo ya lo sabía.- Si me descuido un poquito más me quitas mi marido. ¡Calzón flojo! ¿Ya le dijiste que tienes un hijo del otro que tuviste antes?¡Díceselo... Díceselo para que sepa en lo que se está metiendo, y no se engañe con tu carita de mosca muerta. Y no lo entres en esta casa; ese hombre debe ser un criminal o un cabrón para hacerse cargo de ti la misma noche que te conoce. Yo no puedo aceptar que traigas a mi hogar a todos los hombres que te consigas, basta con el que me trajiste anteriormente que me dijiste que era el padre de tu hijo, vaya Dios a saber si ese otro era uno de tus amantes. Ya te traigo tus cosas y a tu hijo para que se larguen los dos.

La prima se encaminó hacia adentro y regresó con una maleta mal cerrada que se la tiró a los pies de Cristal. Volvió otra vez a entrar y esta vez regresó con un niño de unos cinco años, y con sarcasmo le dijo a la criatura:

-¡Pepito! Saluda a otro de tus padres.-

Ángel no dijo nada, tomó al niño de la mano y lo alzó para cargarlo, mientras que Cristal acomodaba su maleta. La prima tiró con estruendo la puerta, y de adentro le gritó:

-¡Puta de mierda, mal agradecida, después de que te maté el hambre así me pagas, queriendo quitarme el marido. Ojalá que yo nunca te vea por aquí! ¡Arrastrada! ¡Muérete malvada!-

Cristal guardó silencio, que podía decir ante los vituperios de su prima, cogió su maleta, y dándole la espalda a la puerta se alejó con la intención de no ver a su prima nunca más en la vida. Las lágrimas le rodaban de los ojos, y con la mano libre trató de secarse el llanto. Ángel caminaba con el niño cargado y sólo la miraba de reojo de vez en cuando. Parece que comprendía el dolor por el que Cristal estaba pasando en ese momento. No hizo ningún comentario a las acusaciones que la prima había gritado en referencia al comportamiento de ella, la forma despectiva con que la había recibido, la forma como la había mirado. Todo eso era en realidad suficiente para no hablarle nunca más, y en silencio llegaron a la estación del tren.

El viaje de regreso se hizo bastante largo, el cambio de tren en la estación de La Opera se le hizo interminable, cuando llegaron al apartamento que habían alquilado, ya estaba sumamente cansada, había comido una sola vez en todo el día, el dinero estaba escaso para darse lujos, y además había que alimentar también al niño. No se había bañado, ni se había cambiado de ropa, y al día siguiente tenía que encontrar quien le cuide al niño, para poder ir a buscar trabajo, eso era lo primordial, y se sintió como los gitanos que había visto en las escaleras de la Opera. Le vino a la memoria el camino al apartamento, la calle oscura, y el pavimento sonando con un extraño tic-toc al golpe de sus zapatos y los de Ángel. Y miró el apartamento, le entró en su alma la sordidez de la pobreza del mismo, no tenía una cama en que acostarse, no tenía una mesa en donde poner un pan, no había una silla en donde sentarse, pero Ángel al mirarla, se acercó a ella y apretándole las manos, le dijo:

-No te preocupes, mañana será diferente. El niño de pie, miró a su alrededor y le dijo a la madre:

- Mamá, yo quiero mis juguetes, yo quiero jugar mama, ¿donde están mis juguetes mama? y ella le respondió enjugándose una lágrima:

¡Caramba! Nos olvidamos de traerlos, mañana vamos tú y yo y los traemos, te lo prometo.

Cristal no le había preguntado a Ángel quien era realmente él o de que había vivido, o porqué estaba solo. Ella era una extraña en la vida de él y no tenía derecho ni siquiera a pensar en las causas de su situación, menos aún a opinar en ninguna forma, la estaba ayudando y debiera de estar agradecida que no tenía que dormir otra vez en la estación del tren. Guardó silencio y le correspondió apretándole las manos también.

Se fue a bañar, tenía que lavarse, refregarse el cuerpo, limpiar de ella esa especie de mala suerte que se le había pegado últimamente, y dejando correr el agua en su cuerpo, se le vino a la cabeza pensar otra vez en su existencia:

- ¡Que ironía! Mi vida es como esas avenidas que comienzan dos o tres cuadras atrás y se pierden cuatro o cinco bloques mas allá de edificios deteriorados con una escuela de paredes derruidas y una cerca desbaratada y basura por doquiera, pero que con arrogancia se llama avenida- La angustia oprimió su pecho, y continuó en su soliloquio mental - Esta casa será mi nueva dirección ¿Pero por cuánto tiempo? No sabría decirlo. ¿Tendrá Ángel la paciencia suficiente para mí y para mi hijo? El futuro se me presenta tan difuso como encontrar la salida de esas calles que no la tienen y que uno llega a una pared tan alta porque al otro lado solo existen las vías del tren, no hablo el idioma de esta gente, ese pensamiento me turba más porque tendré que depender de Ángel, de ese hombre extraño que ahora forma parte de mi existencia por un accidente del destino. ¡ Y no lo culpo si es que el se cansa y se va!-

La voz de Ángel la despertó de sus cavilaciones y le dijo:

- ¡Cristal! ¿ Te sientes bien?

Ella se había acabado de bañar y le dijo que sí. Ángel siguió diciendo:

-Estas en tu casa ahora-

Un escalofrío le recorrió la espina dorsal a Cristal, las palabras de Ángel le quedaron vibrando en el cerebro. Aún sintió una especie de rebelión a esas palabras -estas en tu casa- y se dijo:

-¡No, ésta no es mi casa! Mi casa está allá al lado de mis padres, mi casa está allá en mis campos siempre verdes, allá con la gente que habla mi lengua, mi casa está allá con mis hermanos de sangre. No ésta no es mi casa. Esta es solo una morada en la que pasaré hasta que la suerte me cambie, y si Ángel me llega a querer un poco, tendrá que seguirme. Esta no es mi casa!.

Salió del baño y se dirigió al dormitorio a cambiarse de ropa, abrió la maleta, y se arreglo lo mejor que pudo. Era ya bien entrada la noche, estaba tan cansada. Al niño lo acostó a su lado sobre el resto de vestidos que había traído y ella se acomodó lo mejor que pudo, cubriéndose con la salida de baño, no tardó en quedarse dormida. En la sala, Ángel tiró en el suelo unos periódicos que había encontrado en el apartamento y se quedó también profundamente dormido.

TIENES QUE QUERER AMIS HIJOS

-Ya llegamos.-

Dijo Luisa al hombre joven que la había asediado durante las últimas semanas; todos los días la había llamado por teléfono allá donde trabajaba como Secretaria, y finalmente ella había accedido a salir con él. Fueron a comer, y después el se ofreció a acompañarla a la casa y ella no había puso obstáculo ya que era un poco tarde y la vecindad donde ella vivía, era un lugar donde la miseria se dejaba ver en las esquinas. Frente a la puerta, sacó una llave de su cartera, y la sostuvo en su mano, empujo la puerta de calle y comenzó a caminar por un corredor un poco lóbrego con un alumbrado de bombillos eléctricos que daban una luz amarillenta. Subió unas escaleras hasta el segundo piso frente a su puerta introdujo la llave y dándole media vuelta abrió la puerta de su apartamento dejando entrever una salita limpia y amoblada con discreción. Miró a su acompañante que caminaba sin decir una sola palabra, y le dijo:

-¡Pasa... Estás en tu casa!

Las palabras quedaron vibrando en el aire húmedo que llenaba el apartamento. El hombre joven sintió un escalofrío, y oyó que ella le repetía:

- No tengo mucho pero es mi hogar- Sonrió y segura de sí mismo, se encaminó al dormitorio a cambiarse de ropa dejando la puerta entreabierta. Comenzó a desnudarse sin importarle la presencia del amigo mientras que los ojos de él, a través de la abertura, se llenaban parcialmente, del color de la tez, de las líneas de ella de su intimidad, y como si hubieran tenido una relación íntima por mucho tiempo, ella le dijo:

-Tengo que cocinar algo para que coman los nenes mañana, ya mismo me los trae mi tía, ella me los cuida. Me baño, y enseguida salgo-

85

La vio pasar al cuarto de baño en su desnudez apenas cubierta con una salida de cama que al reflejo de la luz dejaba entrever todas las redondeces de su cuerpo. Cuando ella salió del baño miró sobre una mesita al lado de su cama, había una carta. La tía la recibió y se la dejó en el mismo sitio donde por costumbre le dejaba la correspondencia. Abrió la carta y comenzó a leerla; era de la madre que le había escrito, cuánto énfasis de cariño encontraba en cada línea, y el pensamiento de Luisa comenzó a volar, vio cada uno de los rostros queridos que quedaban tan lejos, cada rasgo de ellos era tan dulce, y se sintió contagiada con la dulzura de la carta de la madre que cerró los ojos para verla en su trajín de servir la comida en la mesa, vio a su padre sentado a la cabecera con su plato de sopa y la cuchara llevándola a la boca, y oyó el estruendo que el viejo hacía al sorber el contenido de la cuchara. Vio a su hermana que entraba al comedor olorosa como flores recién cortadas, y un olor dulzón como de jazmines, impregnado en su pelo largo y negro con sus dientes brillando en su sonrisa. Las lágrimas le comenzaron a rodar por la mejilla. El hombre joven que estaba sentado mirándola, al verla llorar, le preguntó solícito:

-¿Malas noticias? ¿Té pasa algo malo?

-¡No! Le respondió ella, -Es sólo que me acuerdo de mi gente- sonrió, y le siguió diciendo: Cuando uno está lejos, a veces se olvida que tiene familia, y yo me sentí herida, ¿cómo he podido olvidarme, aunque sea momentáneamente, de mi padre, de mi madre, de mis hermanos? creo que he estado loca para haberlo hecho.

Él la miró de soslayo para que no lea en sus ojos lo inoportuno que se sentía, y pensó:

-Para mí, que me importan esas sandeces. Cada uno tiene que vivir su propia vida, y la vida es tan corta para enredarse con el resto de la familia-

Luisa hizo un poco de café y unas tostadas con queso, le brindó al hombre joven y mientras tomaban el café, le dijo:

-Arturo, Yo te dije hace unos minutos que tengo dos niños que me los cuida una tía, pero me los trae cuando llego del trabajo, ellos viven aquí conmigo, yo necesito un compañero, y tu vives solo según lo entiendo, nos unimos, así nos cuesta menos, y si no resulta, tu sigues tu camino y yo sigo el mío. ¿Que te parece?

Arturo la miró, se sonrió y le dijo:

-La idea no es mala, creo que sí podemos hacerlo.

-Hace algunos años yo me vine a ésta ciudad con mi tía que es de mi misma edad con la intención de entrar en la Universidad, continuo Luisa, trajimos muy poco dinero, la idea era que una trabaje de día y la otra de noche, y de esa manera nos ayudábamos en los quehaceres de la casa; pero las cosas no resultaron así y yo me enredé con un amigo y salí encinta. Me resultó un hombre incapaz de responder como padre de la criatura, él me prometía de todo, y la clase de trabajos que conseguía eran de los peor pagados ya que no era un hombre preparado para entrar a trabajar en un buen sitio. Así las cosas, nos separamos, mientras tanto mi tía tuvo que quedarse en casa para cuidar al niño. Desgraciadamente al poco tiempo de eso me enredé de nuevo, creyendo haber encontrado un padre para mi hijo, pero el nuevo hombre fue peor que el primero; me descuidé y volvi a salir encinta, él quiso que abortara y yo no cedí a sus súplicas por que yo creo en Dios y abortar es matar a un ser inocente que no tiene la culpa de que lo traigan al mundo. Después de hacerme una escena terrible y de haberme querido maltratar, tuve que llamar a la policía. Lo arrestaron, pero yo no presenté cargos contra él y desapareció de mi vida. Nunca mas lo he vuelto a ver. Yo te cuento todo esto, para que no haya un malentendido y que conozcas que no estoy sola. Si en realidad estás enamorado de mí, tienes que querer a mis hijos, que son parte mía, son parte de mi existencia, y si no es así, entonces mejor te vas, antes de que tengamos que lamentar algo. Además no pienso tener otro hijo por ahora, tengo que pensar en el futuro de los dos que me acompañan.

La televisión estaba prendida, estaban televisando las noticias del día; Arturo distraídamente miraba a Luisa y al programa. En ese momento tocaron a la puerta y Luisa corrió a abrir, era la tía, una mujer joven un poco entrada en carnes que traía de la mano a los dos niños. Saludó, y los niños corrieron a abrazarse en las piernas de la madre, que los besó con ardor, y los levantó a la altura de sus ojos de uno en uno, en su rostro se dibujó la dulzura y el placer que sentía estar cerca de sus hijos. Miró a Arturo y le dijo:

-Esta es mi tía Manuela, y estos son los que me quitan el sueño. ¿Verdad que son lindos?-

La tía Manuela miró al hombre joven, lo midió de pies a cabeza y seria, le dijo:

-¡La nena no está sola!-

Miró a la sobrina, y en voz baja le dijo:

-Estúpida, te van a preñar de nuevo- y salió sin despedirse.

Arturo se quedó pensativo, se puso de pie y le dijo:

-Yo creo que es mejor así, yo no estoy preparado para ser padre postizo, eso cuesta mucho, y todavía realmente no nos conocemos. Con un poco de suerte quizá encuentres quien quiera hacerse cargo de ti con dos criaturas. Si tú hubieras estado sola, yo me hubiera quedado aquí desde esta noche.

Ella lo miró como abrió la puerta y bajó las escaleras perdiéndose en la noche.

UN MATRIMONIO FICTICIO

La tarde se parte en segmentos de luz, sombra y humedades; el Central Park rompe la monotonía de las bocinas de los autos.

La sonrisa de ventanas vetustas que rodean el parque, siembran detalles de decoraciones ansiosas de engañar una afluencia innecesaria.

Los bancos diseminados sobre caminos asfaltados están llenos de gentes mustias que se entretienen en tejer las horas ociosas que les sobran en sus vidas abúlicas.

Y Gina camina tomada de la mano de un niño, pensando quizá en la hierba mas verde de sus campos, el olor de adoquines asfaltados en sus pueblos perdidos en el mapa, en una torre que vive eternidades en la mentalidad de los viajeros, en un río cargado de puentes y estudiantes que cruzan tomados de la mano de su amante buscando un lugar para solazar el alma.

Su cabello de espigas tostadas se mece en la tenue brisa que besa las hojas de los árboles, sus ojos color de la nuez miran mas allá de su pensamiento, se pierden entre rostros que pasaron de largo en la época de una guerra que sembró ideas extrañas, y que ella vivió entre sobresaltos y hambre diseminada en el conglomerado que todos llamaban Resistencia.

Ahora, en una tierra sembrada con extraños, con lenguas de Babel, siente el peso del hielo que enseñorea casi todas las cosas de su vida, se siente ajena, poseída por otra lengua, otras ideas, otras leyes, otros lugares. Ajena, completamente ajena, y su alma grita su incomplacencia e imprime en su rostro un rictus de tristeza.

Piensa en el hombre que vive junto a ella, comparte su lecho, su sonrisa. Cuando oye sus pasos en la tarde en el dintel de la puerta, se siente más segura, él llega cansado de laborar durante el día, viene apurado en busca de la sonrisa de ella, comparte en la mesa el vino y el pan sobrante del Domingo. El niño los mira en silencio sin comprender el porqué de ese otro silencio, y el hombre cansado de sonreír inútilmente se sienta en su sillón raído para hojear una revista gastada por las manos. Ella retira las migajas de pan de la mesa, y con la vista fija en el hombre que se marcha, en silencio cavila ¿ama a éste extraño que no entiende su lengua? ¿éste extraño con extrañas ideas? ¿éste extraño que es un extraño para su hijo? ¿y que puede pasar si se casa con él para cumplir la ley de residencia?

Cansada de apretar con sus dedos la tristeza que llena su existencia, toma de la mano a su hijo, lo abraza con la ternura que brota de su alma, lo besa desesperadamente, y lo conduce al lecho cantándole una canción de cuna que sólo ella y el niño entienden. Contempla con sus ojos vacíos de imágenes el panorama frío a través de la ventana, más allá, sólo sombras de puertas raídas y aceras lastimadas por el hielo.

En silencio busca con ansias un pequeño rincón de su memoria y pretende susurrarle a ese silencio las armonías de un amor que floreció una tarde; el viento de sus campos que entonaba epitalamios en esas noches de un amor sin sueño; el hombre espigado y rubio que derramó su sangre por una causa incierta, y que vivirá en su memoria aún más allá del alcance del olvido.

¡El padre de su hijo!

Ese niño inocente que duerme soñando tranquilo hasta llegar el alba; y su amargura llenó los vericuetos de sus cavilaciones.

Se fue a dormir, la conformidad se apoderó de su confusa impaciencia. En el lecho frío el hombre cargado de sueño, emite tremendos sonidos guturales; el hedor insolente de sus pies mezclado con la fetidez del tabaco que él consumió durante el día, se hermana con las sábanas, escarneciendo aún más la escualidez que rodea el ambiente.

Ella en silencio se arremolina sumisa a la derecha entre la soporífera frazada en espera de que una pesadilla letal llene su cuerpo, y así poder romper el cristal del hastío que le sangra el alma.

Pero el sueño no llega tan aprisa y las imágenes se ensanchan más allá de bueno o malo, son como espinas agudas que manchan de violeta su albedrío; imágenes lúgubres que van a la deriva y se enredan en relojes del pasado, y siente en su pensamiento que dedos descarnados de soldados que murieron presionan su pecho, en esa inmensidad de la tarde pálida de una guerra ajena que ella la hizo propia.

El peso de noches incompletas es la mortaja que cubre el dintel de sus ojos.

Nunca lloró por las sombrías imágenes que se presentan con ahínco en sus noches sin sueño; sombras gastadas por la muerte; vienen desde tan lejos para aumentar la miseria de su existencia indefinida; y las conoce a todas por nombres que ella en su angustia de pesadilla les ha dado.

Han desfilado de una en una, la han acusado con sus índices que destilaban una materia putrefacta, pero ella sólo recuerda vagamente los momentos aciagos cuando defendían su bandera.

El horror de esas noches se le presenta como cardos arrojados a su rostro; y la inutilidad de preguntarse para qué o porqué la poseyó hace tiempo.

Y en su angustiosa pesadilla, grita: " ¡Otra noche más ! ¡ Otra noche más ! ¡Todas mis noches son lo mismo!.

El hombre interrumpe su sueño y la mira con el odio reflejado en el rostro, le grita:" ¡Miserable! ¡Otra vez los espectros te llenan con espanto! ¡La guerra terminó hace dos años estúpida y la conciencia te acusa todavía con el recuerdo de los soldados muertos con tus manos!"

La mañana se rompe en mil retazos de un prisma iridiscente que refleja una luz fría y tangente que penetra los ojos.

El niño se despierta y siente la soledad que palpita en los rincones, da un alarido de miedo, llena el cuarto con gritos que se escurren en los oídos de la madre. Ella con los ojos mustios por el llanto silencioso de la noche sin sueño, calienta un poco de agua para servirle una taza de café al hombre que sin bañarse se prepara para escapar a su día de trabajo; un mendrugo de pan adorna una mesa escuálida.

El hombre la mira al rostro con asombro, su voz ácida y estridente se enreda en las paredes y ventanas: ¡Otra vez llorando por nada imbécil!

¡Estoy cansado de tus pesadillas y tu llanto estúpido!

Del griterío de tu hijo, de tu presencia, yo te hice un favor en recogerte de la calle y ya me lo pagaste con tu cuerpo, no me debes nada, nada te debo; cuando regrese, no quiero encontrarte en mi camino.

Pero ella no contesta, y se va caminando en busca de su hijo rubio como un grano de trigo.

El niño al verla corre al encuentro de ella, y ella contiene su amargura, su sonrisa se expande como un cielo azul que baña el rostro de su hijo que prendido al talle de ella calma el raudal de su llanto, y la mira confortado al encontrar la fortaleza de los brazos que lo elevan en el aire.

Ella lo arropa con sus besos, el amor sumiso de la madre, amor de todas las madres existentes en el mundo.

El hombre se marcha resonando sus pasos en una escalera estrecha y mugrienta de luz ausente, saturada del olor de humedad; con excrementos de gatos, de perros, de basura.

La calle aún desierta presenta la soledad de las calles del South Bronx, en donde la miseria rabiosa ladra y muerde las horas del día y de la noche.

Ese hombre es uno más de los que habitan el sub-mundo que mancha la inocencia de los niños, en donde el ámbito agreste y miserable es la puerta de casas y de escuelas.

Gina se acerca a la ventana, mira a lo lejos la calle alumbrada por los tenues reflejos del sol, y al hombre que se aleja con paso apresurado. Entonces las lágrimas de los ojos color de nueces claras se derraman en raudales, y sollozos entrecortados se estrechan en su pecho.

El ayer retoña en su memoria, ese ayer que en calendarios se presenta con años que se marcharon muy aprisa.

Ayer, después de que murió el esposo, los amigos y amigas vaciaron sus bolsillos para que viaje al nuevo mundo, allí, en la tierra prometida las opulencias llenan los corazones, lugar donde los vástagos llenan el pensamiento con ideas promisorias, en donde todos pueden gritar su amor sin ser notados, ese sitio donde el odio es sólo un mito, donde el hombre es todos los hombres con sus derechos de superhombre. El hambre sólo llena una frase de descripción en diccionarios, el respeto llena los corazones, las ideas sublimes se derraman en las calles, donde la ley es un eslabón que todos lo visten con ahínco, y partió un día con un pasaporte que fue sellado en los linderos inaccesibles a otros hombres

Llegó una tarde tomada de la mano de su hijo con una maleta de ilusiones que no sólo se arremolinaban en sus ojos, pero se derramaban de sus manos, caían como lluvia, y su corazón inocente y cálido, sufrido por las guerras de las banderas lloró con alegría por un destierro emancipador de sus virtudes, por el caos enterrado para siempre, por la sensación de libertad que engendraba una nueva bandera, el retorno al Edén, el jardín que los hombres perdieron una vez, entonces su sonrisa llenó sus pies cansados de andar caminos quebrantados; el cielo estaba azul, se había llenado con la virtuosa inocencia y las plegarias de todos los que al llegar llenos de gozo besaban la tierra.

Apretó su hijo contra su pecho, y mirando al infinito, musitó una plegaria aprendida de la abuela, dio gracias por su ventura, y se adentro por los caminos infinitos que se bifurcaban por segundos.

De donde ella había venido siempre oyó decir que todos los caminos llevan a Roma, pero no todos los caminos llevan a Roma, la cúpula de lino está más allá del alcance de los ojos, tan lejos de los deseos, deseos incompletos que se enredan en caminos bifurcados, caminos que se reparten los caminos, y los dedos señalan dualidades, en donde las dualidades se reparten infiernos, infiernos donde el hambre perfora con su taladro los dientes y los ojos, coronas de espinas que se retozan en el alma cuando tañen las campanas; los niños con los labios gastados en Domingo cantando Misereres, y en la mitad del día, el hombre llora angustias, porque la tarde llega cargada de mortajas para arropar los sueños venideros; entonces las ilusiones se llenan de limo verde en los dinteles de las puertas.

Pero Gina no presume el secreto que se guarda en cajas de caudales con mil combinaciones, sus ojos acostumbrados a los prismas no conoce todavía el reflejo candente que adorna las vicisitudes de puertas y ventanas, y con paso ligero, ligera de equipaje, cargada de su niño se pierde en la distancia.

Una tenue lluvia rompe el silencio de la acera, una niebla como algodón mugriento va llenando los rincones de la calle. Gina se alisa el cabello con sus dedos desnudos de alhajas, se mira en el espejo, sonríe, y comienza a conversar consigo misma:

-¿ Debieran de estar de pie ? no, mejor se sientan y les sirvo el té. Todos ustedes son mis amigos. Jean Marc, ven acá, no te escondas, aquí están todos que miran el rostro de tu hijo, dicen que se parece a los ángeles. Me voy a levantar la escoba y a tender la cama, yo se que la vecina no le gusta mi presencia, pero yo de todas maneras les voy a hacer una sopa de zanahorias para que coman todos los amigos y los soldados, pondré todo en una olla grande y así alcanza también para mis primos que vinieron ayer, no me quieren hablar últimamente tienen miedo de la Resistencia. Jean Marc quiero que me pases las cucharas para ponerlas a la mesa, yo se que tu estas ocupado limpiando los rifles, pero deja eso ya, ven a descansar, que quiero presentarte a mis primas, ellas vienen a visitarme a cada hora y es un problema porque entonces tengo que salir a comprar para darles los regalos de cumpleaños, tú hubieras visto la fiesta tan grande que se hizo el domingo, ya te dije que la sopa va a alcanzar para todos tus amigos, y para todos los míos también. Necesito más zanahorias, ve al mercado y diles que te vendan leche para darle a tu hijo. Déjame en paz ahora, no me toques que ya mismo viene el señor que me alquiló las sábanas, se ensuciaron ayer cuando se derramó el vino que tu trajiste esta mañana, apúrate que la vecina se disgusta cuando el niño llora y no hay caso de que ella me escuche.

Jean Marc, deja de leer el periódico total nada de importancia vas a encontrar, siempre lo mismo. Vas a tener que afeitarte, hoy no lo hiciste y la barba te crece muy aprisa, ni siquiera me miras a ver cuando te hablo, comienzas a jugar al escondido, yo no estoy para bromas, anteayer el perro que tiene la vecina, mordió a unos muchachos que le halaban el rabo, yo llamé a la policía y ellos como si nada, así están las cosas, ya nadie escucha a nadie, mira el jardín, no lo has tocado y la hierba ha crecido bastante, te dije que me cortes un ramo de rosas para adornar la mesa. Sí, si es cierto que me hice tarde para ir al colegio, mamá, pero no te disgustes, ese profesor no enseña nada, además tu sabes bien que nosotras las mujeres no necesitamos de mucho, nos casamos, y basta, caramba el niño comenzó a llorar de nuevo, y no quiere callarse, y con tanta gente aquí en la casa, la sopa no tiene suficiente para todos y nadie me ayuda, esto es un abuso, yo tengo que ir a trabajar, el trabajo es malo y pagan muy poco pero que se va a hacer, aquí en éste país hay que seguir viviendo, y como cansa el viento que sopla tan fuerte y tan frío, mañana va a estar soleado, pero quien puede confiar a los que dicen eso, Jean Marc, por favor no te vayas todavía, no has dicho una sola palabra y yo aquí solita con el niño y con este hombre con el cuál he cometido adulterio; yo soy casada lo sé, pero el hambre me hizo pensar equivocadamente.

Gina agachó ligeramente la cabeza, su cuerpo temblaba y los sollozos llenaron de agonía las horas que en el reloj de arena se escapaban.

La frustración había llenado de sensaciones extrañas el entendimiento de ella, la secuencia inconclusa de sus pensamientos la habían agobiado, recordó que no era ella, que no podía ser ella. Ella no tenía los documentos que la ley obligaba a los extraños, sólo entonces entendió la magnitud del hielo que azotaba los corazones de ilegales, y ella era otra más que aumentaba las estadísticas impresas en esferas oficiales.

Que su hijo era otro delincuente perseguido, y al mirar al espejo, vio caminar a hombres y mujeres que la miraban de soslayo, tendrían que ser los agentes secretos que buscaban al niño para ser deportado, ellos, que llenaban de angustia a todos los que buscaban un pan para ser repartido en pedazos, que incautaban la copa de vino para derramarla en el mantel de lino, que sólo buscaban la gratitud de esferas superiores, que se llenaban de eficiencia caminando en los almacenes y estaciones de trenes subterráneos. Entonces se sintió perseguida, había que mirar a los ojos de todos para adivinar su condición de esbirros o de esclavos.

Tiene que ir a buscar a su hijo que lo ha dejado con una nana que cobra salarios de doctora, una nana que vive en un cuarto mal oliente de una casa colmada de angustia y corredores, donde los corredores se han llenado de cuartos sombríos habitados por oscuros inquilinos que se arropan con sospechas de ilegales, que saltan azoteas y desaparecen en las calles cuando escuchan la voz de los agentes funerarios que vienen con cañones a matar las inmigraciones de esos que se han bañado en las aguas de un río, o a esos otros que ha enganchado el hambre a cambio de sus años mozos.

Pero no tiene que ir a buscar a su hijo, el está a su lado, su hijo la mira sin entender el laberinto por el que ella se ha escurrido, y Gina lo mira; tan frágil que podría quebrarse en un segundo; hay que proteger ese rostro inocente, esos ojos azules que se entierran en la piel de ella dándole laceraciones, ese cabello rubio como espigas de trigo maduro que se mecen al viento, y se acerca a él para tocar sus manos, pero las manos de ella están sangrantes.

La belleza de sus dedos está opaca por las ampollas miserables que los han ido descarnando uno a uno; el trabajo es tan duro en ese lugar para cuidar a ese hombre que por su edad puede ser su padre o su abuelo.

Ese hombre que con los ojos la desnuda desde su pecho a sus rodillas, día a día, noche a noche, ese hombre miserable que mezquina un mendrugo mísero para matar el hambre de su hijo.

Ella había buscado un compañero, no un verdugo, un compañero para reír, soñar, cambiar las ilusiones.

Él prometió un matrimonio ficticio en el cuál ella era el sol y él la sombra, ella le ofreció a cambio de ese gesto el inmensurable valor de su cuerpo.

Y trató de entender la elocuencia inútil de un lenguaje burdo y campesino que el hombre musitaba a todo instante, cansada y hastiada lo escuchaba con el silencio de los muertos, mientras que él la miraba con deseos de una posesión absoluta, y ella era una estatua que escuchaba, que lo dejaba hacer sin exhalar una sola queja.

El mecanismo del amor era sólo un tormento para ella, sintió asco de ese hombre pestilente, de ese hombre inculto, de su pretensión de macho; le daba nauseas, y se desprendía del abrazo que él enredaba en el cuerpo de ella, para correr al baño a vomitar lo poco que había ingerido de comer en esas tardes.

Él la miraba ausentarse del lecho aceptando indeciso cualquier excusa de ella, y ella regresaba cuando él cansado de esperarla, se había dormido.

Se miró por segunda vez las manos, el tumulto de sangre y ampollas se habían desvanecido, se comenzó a peinar con infinito cuidado, se arregló el rostro, pero sus ojos vieron otra vez las figuras fantasmagóricas que siempre estaban a su lado, se sonrió con ellas, las llamó por sus nombres, sin displicencia alguna comenzó a divagar con su elocuencia:

¿Qué me dicen ustedes? me he preparado para todas las cosas que tengan que decirme. Ustedes saben bien que para mi la amistad que vive entre nosotros no puede ser rota, sí yo sé, yo no soy ciega, es verdad que me he descompuesto un poco, la gripe me ha hecho sentir muy miserable, pero la escalera sigue oscura y no hay modo de que el sol alumbre la ventana, las cualidades de la amistad de ustedes no hay otra igual siempre me acompañan, ¿y donde está Jean Marc? estoy segura que anda de parranda otra vez con la mujerzuela de la esquina, pero que me importa, ¿qué? ¿que él se murió hace tiempo? no sean ridículos, si anoche el estuvo aquí haciéndome el amor, no entiendo por que ustedes me mienten, ¿quién? ¿el hombre que vive aquí? no; no tiene nada que ver conmigo, si ya entiendo, no tienen que decirle nada a Jean Marc, se lo diré yo misma, total tengo que eliminar a éste hombre, es un enemigo más, otro más que importa, si total tengo bastantes, y ya ustedes saben que al enemigo hay que eliminarlo.

Tengo que cambiarme los zapatos, pero ahora que me acuerdo los guardé en el cajón donde pusimos el cuerpo del sargento muerto, los iré a buscar, es cuestión de minutos y yo ya estoy cansada de conversar con ustedes que son unos mentirosos, ayer vino la jardinera con un manojo de flores violetas, me dijo que los llevara al cementerio para la tumba de Jean Marc, la tuve que insultar porque no hay derecho a jugar esa clase de bromas, y total la sopa de zanahorias esta lista en la mesa, acérquense a comer que se va a enfriar, déjenme sacar el pan para calentarlo, ustedes saben que no podemos conseguir pan todos los días, ya está lloviendo otra vez, seguro que Jean Marc se va a resfriar, últimamente no se cuida, ya les dije que iba a buscar el pan, hay que buscar el cuchillo para cortarlo-.

Para ella el mundo se había desplazado en una confusión inaudita de colores, un tiempo irrelevante había tomado posesión de su albedrío, con el paso tranquilo se acercó al cajón de un armario en la cocina, y con su mano firme tomó un cuchillo largo, se sentó en una silla que apostó detrás de una puerta, y esperó con paciencia.

Sus labios repetían incansables:

-¡Un enemigo más que pronto será menos!

En el dintel mugroso de una puerta el niño se entretiene deshojando una libreta.

¿CÓMO ME VAS A MANTENER?

Los campesinos guardaron silencio, miraron a Cristóbal que hasta el presente momento, solo había escuchado las narraciones de los demás y ahora él comprendió que era su turno. Hasta Doña Hilda, había participado narrándoles la historia de Gina, ella había sido la vecina y había estado presente cuando la policía había venido y se la había llevado después de haber acuchillado al hombre que vivía con ella. En cuanto al niño, se lo llevaron para ser adoptado por alguien, y no se supo nunca más de él.

Cristóbal agachó la cabeza, se quedó pensando por donde comenzar, se sentía agobiado por el recuerdo de aquella muchacha que pasó por su vida por tan corto tiempo, aquella que le enseño a ser hombre cuando lo colmo de tantas caricias enervantes, que le dio tanto cariño cuando él no tenía en donde refugiarse y se dijo mentalmente, pobrecita, y los campesinos comprendiendo el silencio de Cristóbal, no dijeron una sola palabra, esperando que el comenzara cuando se sintiera listo.

-Yo estaba en una pequeña ciudad de los Andes, dijo Cristóbal, esa mañana me sorprendió cuando me levanté para ir al Colegio, un cielo gris que cubría las copas de los árboles, la humedad de esa mañana se me colaba por los ojos, y las comisuras de mis labios se distendían en un rictus de tristeza, me sentía solo, de esa soledad que solo se entiende cuando las mañanas sin luz llenan los rincones del pensamiento. Los amigos estaban lejos, la familia aún más lejos. Fue uno de los compañeros del Colegio que me presentó a Gloria. ¿Cuánto tiempo hace? No podría decirlo, pero en esos vericuetos del recuerdo, veo todavía sus ojos grandes, su pelo negro largo y ondulado enmarcando un rostro blanco lleno de una sonrisa inocente, y como

99

les decía, la humedad de la mañana me llenaba de frío. Ella había venido a pasar sus vacaciones con una tía. Recuerdo que el olor de los eucaliptos llenaba los orificios de la nariz, era una mañana que se llenaba de la soledad de calles sin gente. Las noches en ese lugar solo reflejaban el recuerdo de una ciudad muerta, las calles alfombradas de adoquines que cuando se caminaba, se escuchaba un tic toc que semejaba un reloj que quisiera advertir la tardanza de las horas. Si me parece que fue anoche que camine a su encuentro en la primera cita de amor, tanto para ella como para mí, sólo para sostener su mano, o para mirar sus ojos, tan sólo para escuchar su voz, y que dolor tener que marcharme y dejarla después de unos instantes de haberla visto.

Amor inocente el de ella que sólo se conformaba con la exaltación de los sentidos, y amor inocente el mío que con un beso furtivo, o una caricia efímera, llenaba mi existencia. Y ese sueño audaz se fue alargando tarde tras tarde, se fue dilatando hasta las primeras horas de la noche, en las que ella con un poco de temor me decía, - Ya ándate que ya mismo llega mi tía- Y yo tenía que marcharme sintiendo una desesperación indescriptible. Me hubiera gustado quedarme para apretarla contra mi pecho para darle un poco de calor, pero se marchaba sin decir una palabra, dejándome en el umbral de la puerta de su casa, lleno de frío por la humedad que se enredaba en mi alma. ¡Cómo volver a tener diecisiete años nuevamente!

Hacía bastante frío en el mes de Febrero, esa tarde volví a buscarla, su compañía me hacía falta, sus manos llenas de fuego, sus labios sensuales, su mirada triste, era un conjunto que llenaban la soledad y la frialdad de esa ciudad Andina. Allí por primera vez aprendí lo que es la angustia de no poder resolver un problema. ¡Ah Gloria! Y yo le dije: ¿por qué no nos casamos? Y la apreté contra mi pecho, y al sentir las redondeces de sus senos, cobré mas aplomo, y le dije con más énfasis: ¿por qué no nos vamos ahora mismo? Y en ese momento yo sentí la importancia de ser un hombre. Había madurado emocionalmente, me había transformado en un adulto, ya no era un niño. Gloria me atraía sexual y espiritualmente. ¡Sí! ¡Vámonos! ¡Vámonos ahora mismo! Le repetí, pero ella en silencio me apartó un poco, tornó el rostro para no mirarme a los ojos, y con la mayor calma me dijo: -¿ Y cómo me vas a mantener? Entonces sentí derrumbarse toda la pirámide de lógica que me había llenado un momento antes. Ella con la simpleza de su materialidad me castigó. Ella tenía razón ¿de qué íbamos a vivir? Y me llené de rencor conmigo mismo al pensar que no podía darle los vestidos o alhajas que pudieran llenar la fatuidad de ella, ni siquiera hubiera podido darle de comer al día siguiente después de haberle hecho el amor, y ella como adivinando mi pensamiento me dijo: - A los diecisiete años ¿qué clase de trabajo tendrías que hacer para mantenerme? Y yo ofendido, agaché la cabeza y le solté la mano, y me alejé de ella. Al caminar por la calle, el ruido de los adoquines sonaba como la risa burlona de la noche.

Recuerdo que la tenue lluvia se transformó en un copioso aguacero, yo me fui caminando al parque sin importarme la lluvia helada. Me senté en un banco, era el único que estaba allí, y no sé por que razón me puse a pensar que no había nadie en las calles, quizá por la razón de que no era domingo, y continué con mis meditaciones: ¡Qué importa si la lluvia está helada, pero tengo heladas también mis entrañas, Un poco de aguacero no me hará mal! ¡Quiero seguir recordando sus ojos negros y sus manos tan tibias, quiero sentir otra vez su pecho enterrando sus pezones en el mío! Y me quedé absorto en ese vaniloquio, y me puse a pensar que cuando en el dormitorio de ella, la tarde se había escurrido aprisa y las primeras horas de la noche se habían hecho sentir, sí, era más tarde que de costumbre me había dicho, y me había empujado levemente, y yo necio arropado en el calor de su cuerpo, llenándome de las caricias de ella que me empujaban y me retenían en una dualidad de su pensamiento, - Márchate que ya mismo viene mi tía- me repetía, pero no soltaba las manos enroscadas en mi cuerpo, ni apartaba sus labios de los míos. –Márchate - me decía. Y era un beso más y un nuevo espasmo con cada palabra de ella, y yo con mi locura, pensaba, ¿Cómo dejarla allí? ¿Adonde yo podría ir sin ella? ¡Total, mañana no iré al Colegio! Y ella estaba allí, y con ella mi existencia, y eso era lo más importante. Y seguí allí tratando de retenerla contra mi pecho, cuando súbitamente una figura se dibujó en el dintel de la puerta mezclada con las sombras, y Gloria asustada como un pájaro que había sido aprisionado entre las manos de un niño, el corazón le latió más aprisa, y dio un salto fuera de mis brazos, y con el terror pintado en su rostro, me dijo: -Mi tía- Y se quedó inmóvil hipnotizada por la fuerza de los ojos malignos que la miraban. Yo salí del lecho para mirar desafiante a esa tía que semejaba uno de esos dragones de los cuentos que guardaban a las doncellas; y esos ojos eran dos ascuas que quemaban el alma. La tía levantó la mano, y con violencia la descargo en el rostro de Gloria. Y ella sin un solo sollozo, los ojos se le llenaron de lágrimas, y avergonzada de la escena, agachó sumisa, la cabeza.

La tía me miró de pie a cabeza, y con desprecio le dijo a Gloria: - ¿Y que hace éste maldecido, muerto de hambre aquí? Pero Gloria sin responder, se echó a correr hacia las sombras de la alcoba, cubierta apenas con una salida de cama, y yo allí, en ese cuarto, de pie, con mis ropas enredadas en mi cuerpo, no osé responder, ni fui capaz de defenderla, me quedé petrificado ante la mirada de violencia de esa mujer, alta, de mediana edad, solterona y bien proporcionada que Gloria había llamado tía. Yo le miré las manos que eran grandes, como las de un hombre de esos que trabajan cargando bultos en los muelles. Y seguí allí de pie, asustado, escuchando como la tía me gritaba en el rostro:

¡Ella sólo tiene catorce años! ¡Fuera de aquí! Y me empujó alevosamente y me tropecé con algo que estaba en el camino de la salida de la puerta, y me caí al suelo, me levanté, y ella me empujó con más violencia, y al salir a la calle cerró la puerta con un gran estruendo. Adentro se escuchaban voces furiosas, insultos, amenazas, y yo no quise oír más, y me alejé con mi corazón en la mano.

Me levanté del banco del parque y seguí caminando bajo la lluvia, era muy agradable sentir como las gotas de agua iban rodando por las sienes, llenando mis ojos como si fueran inmensas lágrimas. Y el ruido de la lluvia al golpear el asfalto o sobre los techos de las casas, era como escuchar una sinfonía, nadie disturbaba esa música, porque la gente se marchaba huyendo, y hasta los pájaros se habían escondido en los ramajes de los eucaliptos y no perturbaban con sus chillidos, hasta los perros habían desaparecido. Porque hay que notar que cuando el sol brilla, el parque se llena de niños que molestan con su ruido, y los dueños de perros contaminan el sitio con sus animales. ¡Qué hermoso es el mes de Febrero! La gente le tiene miedo al frío y a la lluvia. Nadie perturba la tranquilidad cuando uno se sienta a meditar bajo la lluvia. ¡Qué hermoso es el mes de Febrero! Y así seguí pensando, mientras que en mi rostro se retrataba cada rincón del parque, cada acumulación de hojas, y cada mujer que se veía caminar apresurada a la distancia, tratando de encontrar el rostro de ella.

Había dejado de llover, mis ropas estaban empapadas, pero el frío que sentía era agradable porque me apaciguaba la fiebre que sentía después del incidente con la tía de Gloria. Todo me parecía irreal, las casa se habían cubierto con una tenue niebla, y en una esquina, yo me había quedado inmóvil, indeciso de cruzar la calle, de emprender el camino de regreso al cuarto donde yo vivía, ¿y para que? Total, nadie me esperaba, y se me había ocurrido que cruzar esa calle era como emprender un viaje del que jamás regresaría para ver otra vez a Gloria. Mis labios estaban helados, y me envolví en la niebla tratando de mirar más allá de la acera, atisbando a través de las ventanas tratando de encontrar el rostro de Gloria, la busque por todas las esquinas, y me preguntaba: ¿Dónde está Gloria? Y seguí pensando en sus hermosos ojos.

Al día siguiente, a los pocos amigos que tenía les conté de mi dolor, pero todos se me reían en la cara. ¡Cómo toman tan a la ligera una cosa tan importante para mi vida! Yo pensaba, y no les hablé más. Cada mañana salía a buscarla, y espiaba en la esquina de la casa de ella, hora tras hora, pero dentro del apartamento, sólo reinaba la oscuridad, pregunté por ella, pero nadie sabía nada, y me pregunté tantas veces: ¿Qué excusa tengo yo para el resto de mi vida? Y era un tormento ineludible todos los días tratar de conciliar el sueño cuando llegaba la noche, pues allí estaba ella, la veía llorando encadenada, con un semblante pálido por los días de sufrimiento, o la veía más hermosa que nunca, gesticulando con sus manos, con sus ojos, o la veía enseñando los dientes y mordiéndose los labios con rabia, maldiciendo a la tía, que como un gigante, a varios pasos fuera del alcance de mis manos, guardaba a Gloria, y gritaba desaforadamente:
- Tiene sólo catorce años- Y Gloria bañada en lágrimas, tornaba el

rostro hacia mí y con desesperación me decía: ¡Ayúdame! ¡Me tiene prisionera! ¡Ayúdame! Y se desvanecía el rostro para quedar sólo el de la tía que se le reía, enseñándole los puños inmensos, amenazantes, y entonces yo de un brinco, bañado en sudor, me levantaba de la cama, y comenzaba a caminar por el cuarto tratando de borrar la pesadilla que se repetía noche a noche y que me quitaba el sueño. Y al llegar la mañana salía a deambular por las calles, con la esperanza secreta de encontrarla. ¿A quien poder contar mi desamparo? Lo pensé tantas veces, pero pedir consejo en cosas del alma, es tan difícil. Si mis amigos se rieron de mi candidez ¿Qué pueden otros pensar de la inmadurez con que estaba conduciendo mi vida?

Y así en esa desesperación espiritual se fueron escurriendo los días. Me cansé de deambular por la estación del tren en un vano esfuerzo de encontrarla, me cansé de caminar en las tardes de niebla o de lluvia. Cuántas veces vi salir el sol temprano en la mañana, y llenar con sus reflejos brillantes los techos de las casas. Sólo yo seguía con la oscuridad enseñoreada en mi alma. El recuerdo de ella me aniquilaba físicamente, era como si fuera un camino largo que yo lo recorría con muletas. La busqué en las iglesias y mercados. ¿Qué se había hecho de ella? ¡Qué camino tan largo! Me dije tantas veces. Yo rehusaba vivir sin ella, pero me incriminaba de mi egoísmo, yo pude haberla arrancado de las garras de la tía, de ese ogro infernal que con sus ojos malignos, maldecía la noche. Yo hubiera podido traerla a mi lado para cubrirla con mis besos, con mis caricias, la hubiera adorado con la mansedumbre inalterable de la playa que por siempre acaricia las olas del océano. Pero que despertar tan estéril, al pensar que mi conciencia sedujo la inocencia de ella, que la hice mujer, que le robé su virtud, y sentí vergüenza de mi vileza. Agobiado con mis pensamientos, entré en mi cuarto, la puerta chirrió con un sonido extraño cuando la empuje, y se me ocurrió que era doloroso para la puerta dejarme entrar a ese cuarto sumido en la oscuridad. Con las ropas mojadas, sentí mas frío, y pensé que la muerta en ese momento era mi compañera. Querer morir, quizá era mejor ya que así mi amargura llegaría a su fin, y me senté en una silla para mirar a través de la ventana. Allá a lo lejos se veían las copas de los árboles, las ramas eran como dedos gigantescos que se entrelazaban y me tapaban los ojos para que yo no mire más allá, y fijé mis ojos en un retazo de horizonte que se dejaba entrever con una luz opaca que bañaba el cielo, y allí sentado me masturbé al ritmo que pronunciaba el nombre de ella. Después cerré los ojos para tratar de quedarme dormido en esa silla, gritando a la ventana que la encontraría algún día, en algún rincón del mundo.

Transcurrieron tres meses sin que hubiera podido encontrar a Gloria. Juré que no profanaría su recuerdo con el nombre de otra mujer en mi vida. El recuerdo de ella era algo sagrado que guardaría en mi corazón, y la seriedad con que lo dije en alta voz, me estremeció. ¿Era que había madurado? Pero yo seguía siendo el mismo imberbe de diecisiete años que con sus soliloquios desafiaba la realidad. Conocí el amor con Gloria y conocí el odio con la tía, y me decidí hablar con el ogro, proponerle que me dejara casar con Gloria, eso era la realidad, pues yo no podía vivir sin ella, y sólo era justo que después de haber robado lo más sublime que ella tenía, quería que compensarla con mi eterno amor.

La claridad del nuevo día se filtró a través de los vidrios de la ventana, y sentí en mi rostro la caricia dulce de la luz tibia de la mañana. Salí a la calle y me encaminé a la dirección donde había visto a Gloria por última vez. Nervioso, toque a la puerta, y la tía salió a recibirme. No parecía la misma mujer que yo había visto anteriormente, estaba cambiada, su rostro estaba cubierto con una extraña palidez, y cuando me vio las lágrimas rodaron por sus ojos. Yo me sentí confundido, esa mujer que se había comportado anteriormente con tanta violencia, ahora era como un gatito lleno de congoja que buscaba una caricia. Le pregunté que era lo que pasaba, y me dijo con una voz mezclada con sollozos:

-No sé cómo te llamas, pero no importa. Tienes que perdonarme de cómo me comporté cuando hace unos meses te encontré en la cama con Gloria. Yo no debiera de haberla maltratado, pero la frustración que sentí en ese instante, me cegó. Ahora me arrepiento de no haber entendido que ella había despertado sexualmente. Yo debiera de haber comprendido que estaba enamorada, y eso era lo más importante para ella en ese momento. Cómo me arrepiento ahora- Yo me preocupé, no

105

podía entender que era lo que me quería decir, que realmente era lo que había pasado, y le dije que yo había venido donde ella, era para pedirle la mano de Gloria, que me quería casar con ella, que sin ella yo no podía vivir. Entonces la tía se puso a llorar desconsoladamente. Se quedó mirando fijamente las cosas que la rodeaban, se secó las lágrimas y me dijo:

-Al día siguiente después de que los encontré haciendo sexo, ella me reclamó en una forma irrespetuosa, lo que yo hice, lo hice por el bien de ella, pero ella no lo comprendió de esa manera, y los días que siguieron fueron terribles, me gritaba que sólo estaba aquí porqué no tenía donde irse, y después se sumergía en una depresión inconcebible, en unos silencios de días enteros, y de noches en que se revolvía en el lecho sin conciliar el sueño. Cómo a las tres semanas después, se acercó a mí, a pedirme consejo, me dijo que la menstruación no se le había presentado, y que ella creía que había quedado encinta y que no quería perder su hijo, así sea que tú no la veas más. Me echó la culpa de haberte asustado para que no vuelvas. Yo le dije que lo mejor era abortar para salir del problema, así nadie sabría lo que había pasado, y cuando regrese a su casa después de las vacaciones, los padres no sabrían tampoco nada, porque yo no les iba a decir. Así ella se casaría mas tarde y la vida seguía su curso. No me contestó, entonces se fue y se encerró en su cuarto.

Al día siguiente que regresé del trabajo, la puerta del cuarto de ella seguía cerrada, parecía que no había salido en todo el día. Toque a la puerta y no contestó, entonces con un esfuerzo la empujé con violencia y la puerta se abrió. Gloria estaba acostada en su cama, me acerqué a ella y la moví suavemente, pero ella persistía en mantener los ojos cerrados, traté de moverla con más energía, pero fue inútil, ella no abría los ojos. Sólo entonces me percaté de la frialdad de su cuerpo. Comencé a gritar pidiendo ayuda, pero nadie contestó, la volví a tocar, su pequeña figura no solo estaba fría, pero estaba rígida, y la palidez que se reflejaba con la luz, era la palidez de la muerte- Al escuchar su narración yo había retrocedido a un rincón de la pequeña salita y mi pecho se agitó convulsivamente. Quise gritar, y la voz se negó a responderme; miré hacia el cuarto donde había dormido Gloria, donde yo le había hecho el amor, la puerta estaba abierta, y allí en la cama, me pareció verla, con su cabeza apoyada en la almohada, la misma que habíamos usado, las sábanas que habían arropado su cuerpo y el mío, y ella que me miraba con su mirada rígida, para aumentar el desamparo que me llenaba el alma.

¡Pobrecita! Y sentí un escalofrío que me recorrió el cuerpo, sus ojos brillantes se posaban en mi, aún más allá de su muerte. Y me acusé de mi cobardía, que si yo hubiera regresado antes, ella no hubiera tenido que sacrificar su vida ni la de su hijo. Mi hijo, mi primer hijo. ¡Pobrecita! Se había envenenado con el arsénico que se pone en las casas para combatir a los roedores. ¡Pobrecita! Y salí corriendo de ese lugar, y cuando llegué a mi cuarto, la soledad en la tiniebla, se hizo más grande. Y asimismo como ella había hecho, yo también busqué el veneno, quería estar al lado de ella, allá donde los rencores y miserias humanas no nos alcancen.

Cristóbal guardó silencio; los campesinos dijeron:

-Don Cristóbal, ya tenemos que irnos, mañana es domingo y nos reuniremos aquí para contarnos historias. Aquí en San Ritorno, todos los días son domingos, y las historias siempre son las mismas-

Cristóbal se quedó pensativo, ahora entendía la razón de su regreso. Allí en ese sitio en el que todos los días era domingo, el grupo de gente que se reunía para contar sus historias, las repetían con las mismas palabras, a las mismas horas, con las mismas personas, nada cambiaba, y todo lo que se veía alrededor, era sólo una manifestación, personal, nada existía en la realidad, todo era como un espejismo, por qué San Ritorno tampoco existe en los mapas del mundo.

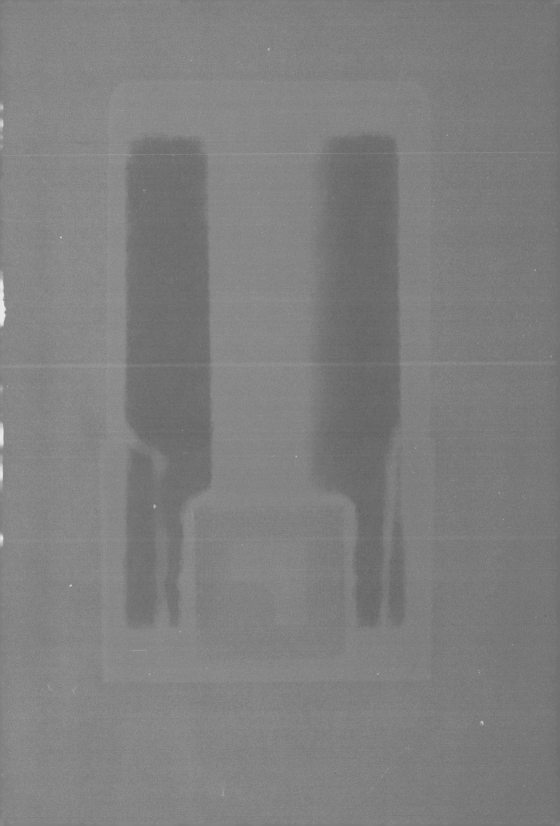